Impressum:

Alle weiteren Personen und Handlungen des Buches sind frei erfunden.
Ähnlichkeiten mit lebenden oder verstorbenen Personen sind
zufällig und nicht beabsichtigt.

Besuchen Sie uns im Internet:
www.papierfresserchen.de

© 2024 – Papierfresserchens MTM-Verlag
Mühlstraße 10, 88085 Langenargen
info@papierfresserchen.de
Alle Rechte vorbehalten.
Erstauflage 2024

Das Werk einschließlich aller seiner Teile ist urheberrechtlich geschützt.

Cover: © René Levens
Illustration: © Johanna und Antonia Langenhoff

Druck: Bookpress Polen
Gedruckt in der EU

Herstellung und Lektorat: CAT creativ - www.cat-creativ.at

ISBN: 978-3-96074-822-9 - Taschenbuch
ISBN: 978-3-96074-823-6 - E-Book

Wille

und die Jagd nach der Klosterbibel

Mathias Meyer-Langenhoff

Buchtipp

Mathias Meyer-Langenhoff
Wille und das Ungeheuer vom Vechtesee

ISBN: 978-3-86196-776-79
Taschenbuch, 138 Seiten

In Nordhorn geschieht etwas Unglaubliches. Frau Schmid, eine Touristin aus Bochum, behauptet, von einem Ungeheuer im Vechtesee angegriffen worden zu sein. Mit einem Schock wird sie in die Euregio-Klinik eingeliefert. Das ist ein Fall für Wille und Andy. Die beiden Freunde und Detektive besuchen die Frau, um herauszufinden, ob sie einfach nur verrückt ist oder wirklich ein Ungeheuer gesehen hat. Schnell stellen sie fest, dass es um viel mehr geht und Frau Schmid ihre Hilfe benötigt …

Inhalt

Das Fest der Kulturen	7
Die Geschichte der Klosterbibel	14
Besuch bei Annabelle	19
Nachmittags im Kloster	27
Treffen mit Watermann	36
Wer hat bei Andy eingebrochen?	48
Besuch beim Schulleiter	52
Ist Herr Bentlage mit der Demo einverstanden?	56
Wer steckt hinter dem Erpresserbrief?	59
Andys Vater	66
Streiken für das Klima	75
Überraschung mit Ole, Lars und Patrick	80
Die Fridays for Future Demonstration	89
Onkel Werner greift ein	96
In der Disco	104
Tom de Ligt	110
Neues von Watermann	122
Die Schlacht am Seepark	128
Im Anker	133
Alles wird gut	138

Das Fest der Kulturen

„Das ist ja wieder mal krass!", rief Wille, als er und Andy auf ihren Rädern das Kloster Frenswegen erreicht hatten und die vielen Stände vor dem alten Gemäuer sahen. Schon hier waren unzählige Angebote des Festes errichtet worden. Eine riesige Hüpfburg für die Kleinen, der Kinderschutzbund bot Spiele für Gruppen und Kinderschminken an und der Sportbund hatte eine Kletterwand aufgebaut, an der sich immer wieder mutige Kletterer nach oben mühten. Außerdem gab es zahlreiche Stände für Erwachsene, die Volkshochschule, der Gewerkschaftsbund und viele andere Vereine und Gruppen boten ihre Informationen oder Spiele an. Auch ein Eiswagen und ein Mandelstand fehlten nicht. Das *Fest der Kulturen* fand jedes Jahr im Mai oder Juni im Kloster statt, ein buntes, fröhliches Fest, das Menschen aus aller Welt, die ihre Heimat in Nordhorn gefunden haben, zusammen feierten und miteinander vorbereiteten.

Wille und Andy stellten ihre Fahrräder ab und gingen geradewegs auf den Haupteingang zu. Dort fiel ihnen ein riesiger Kickertisch auf, den die Polizei aufgebaut hatte und an dem gerade auf jeder Seite sechs Spieler an den Stangen wirbelten.

„Das ist ein voll tolles Teil!" Andy schaute den Spielern fasziniert zu.

„Stimmt", nickte Wille, „find ich besser als FIFA. Vielleicht hätte ich da sogar gegen dich eine Chance."

„Können wir nachher ja mal ausprobieren", antwortete Andy, „aber dann brauchen wir noch Mitspieler. Ich will lieber erst mal in den Innenhof."

Von dort war laute Musik zu hören und durch den schmalen Eingang strömten Menschen hinein und hinaus. Nachdem Andy und Wille sich durchgedrängelt hatten, fiel ihr Blick auf die große Bühne, die zum Schutz vor Regen mit einem großen, roten Dach überspannt war. Eine Trommelgruppe gab dort gerade ihr Bestes. Sie hatten einen lustigen Namen: *Hau dat Fell*. Rasend schnell bearbeiteten die Musiker ihre Instrumente, die alle einen unterschiedlichen Klang hatten und die dicht an dicht stehenden Zuschauer mit ihrem Rhythmus zum Tanzen und

Klatschen brachten. An den Klosterwänden entlang reihten sich zahlreiche weitere Stände, die entweder Informationen oder gut riechendes Essen anboten.

„Ist wieder voll stark, oder?", meinte Andy anerkennend, während er sich umsah.

„Komm, wir gehen zur Bühne", schlug Wille vor und bahnte sich einen Weg durch die vielen Menschen. Da vorne etwas mehr Platz war, begannen Andy und Wille sich ebenfalls zum Klang der afrikanischen Trommeln zu bewegen.

Nach dem Auftritt von *Hau dat Fell* hatten beide Hunger. Kein Wunder bei all den herrlichen Düften. Sie begannen ihren Rundgang am Stand der Italiener aus Nordhorns Partnerstadt Rieti, die Brötchen mit Schweinefleisch anboten, wechselten anschließend zu den libanesischen Frauen, an deren Stand es ganz verschiedene orientalische Köstlichkeiten gab, und waren nach dem Kauf einer Scheibe Weißbrot vom typischen Grafschafter Weggen mit, wie Willes Oma immer sagte, guter Butter, auch noch in der Lage, ein Stück Kuchen am Stand des Eine-Welt-Ladens im Kreuzgang zu essen.

„Ich kann nicht mehr", stöhnte Andy schließlich, während draußen eine Musikgruppe plattdeutsche Lieder sang.

Wille spitzte die Ohren. „Sag mal, Andy, ist das nicht dein Onkel Werner?"

Zum Kuchenessen hatten sie sich an einen der Tische im Kreuzgang gesetzt, sodass sie nicht sehen konnten, was sich gerade auf der Bühne abspielte.

„Genau, hatte ich ganz vergessen. Er hat mir erzählt, dass er mit seiner Blues-Band hier auftritt, aber hauptsächlich plattdeutsche Lieder singt. Komm, wir gehen wieder nach draußen!"

Onkel Werner auf der Bühne hatte das Publikum im Griff, mit seinem röhrenden Bass, seiner Mundharmonika und seinen launigen Witzen brachte er die Menschen zum Lachen und zum Tanzen. Zusammen mit seiner Band bildete er einen Haupt-Act des Festes. Die Leute hatten schon auf ihn gewartet und jubelten ihm zu. Er war ein super Typ und hatte Wille und Andy bei ihrem letzten Fall mit dem Ungeheuer im Vechtesee sehr geholfen. Ohne ihn wären sie vermutlich nicht so schnell auf die entscheidende Spur gekommen. Onkel Werner war irgendwie alles: Er war witzig, ein toller Bluesmundharmonikaspieler, groß und schwer wie ein Pferd und trug einen Bart, mit dem er aussah wie der Weihnachtsmann.

Nach ihm traten Bauchtänzerinnen auf, für die Wille und Andy sich weniger interessierten. Deshalb zogen sie es vor, in den Kreuzgang zu gehen, um sich dort die Fotos des Festes aus dem Vorjahr anzusehen. Große Schwarz-Weiß-Aufnahmen von den beteiligten Gruppen auf der Bühne, den Ständen und vielen Besuchern vermittelten einen tollen Eindruck. Die Mitglieder des Vereins *Fotograf* hatten beeindruckende Schnappschüsse gemacht. Auch jetzt waren die Fotografen wieder mit ihren Fotoapparaten unterwegs.

Einer von ihnen stand direkt neben Wille und Andy. „Darf ich von euch ein Foto machen?", fragte er und hob schon seine Kamera.

„Von mir auf keinen Fall!", antwortete Andy. Er hatte es schon immer gehasst, fotografiert zu werden, und drehte sich schnell um. Wille hatte nichts dagegen und lachte in die Kamera. Zuerst unbefangen und entspannt, doch auf einmal verzog sich sein Gesicht, denn neben dem Fotografen stand Annabelle von Pruselitz und schaute ihm spöttisch zu.

„Hey, Wille, wusste gar nicht, dass du eine Model-Karriere planst?"

„Quatsch, mach ich doch gar nicht! Der hat mich nur gefragt, ob er mich fotografieren kann." Wille spürte, dass er rot im Gesicht wurde.

„Schon gut, war ja nur ein Scherz", entgegnete sie. Annabelle war in Willes Parallelklasse, in der 9c, und ihm schon auf dem Schulhof aufgefallen. Sie sah sehr gut aus, doch sie anzusprechen, hatte er sich bislang nicht getraut. Auch mit Andy hatte er noch nie über Annabelle geredet.

Der Fotograf bedankte sich für das Foto und verschwand auf der Suche nach weiteren Motiven in der Menge, die sich dicht an dicht durch den Kreuzgang des Klosters schob.

„Bist du schon lange hier?", wollte Annabelle wissen.

Wille nickte, so richtig wusste er nicht, was er sagen sollte.

„Er meint Ja", antwortete Andy stattdessen grinsend für seinen Freund, „manchmal findet er einfach nicht die richtigen Worte. Wir sind schon über eine Stunde hier. Ich heiße übrigens Andy." Er streckte Annabelle die Hand entgegen, um sie ihr gleich darauf wieder zu entreißen. „Mann, wie bist du denn drauf?" Andy schüttelte seine Hand mit schmerzverzerrtem Gesicht. „Willst du mir die Finger brechen?"

„Sorry, nein, wollte ich nicht, aber das habe ich mir im Laufe der Zeit so angewöhnt. Kommt durch mein Hanteltraining."

„Okay, dann weiß ich ja Bescheid. Meine Hand werde ich dir vorläufig nicht mehr geben."

„Ich bin gerade erst gekommen, sollen wir ein bisschen zusammen hier herumlaufen?"

Wille hatte inzwischen die Sprache wiedergefunden. „Ja, machen wir. Am besten gehen wir wieder in den Innenhof, da tritt jetzt die Akrobatik-Gruppe vom VFL Weiße-Elf auf. Die sind supergut!"

Sie liefen den Kreuzgang entlang zum Klosterinnenhof. Die Show war bereits in vollem Gange. Zehn Mädchen und ein Junge zeigten Unglaubliches vor der Bühne – Luftsprünge, gekonnte Salti, Menschenpyramiden, ein Wirbel von Flicflac, Handstand und Radschlag, rasante Streetdance-Elemente und hitzige Discoklänge, das alles wurde mit einer unglaublichen Leichtigkeit vorgeführt und war wunderbar anzusehen. Das Publikum sprang von den Sitzen, soweit es in dem übervollen Innenhof welche ergattert hatte. Auch Wille, Andy und Annabelle klatschen begeistert Beifall. Nach dem Ende der Vorführung drehte sich Wille zu Annabelle um. Aber sie war verschwunden.

„Wo ist sie hin?", fragte er Andy.

„Keine Ahnung."

„Komm, wir suchen sie."

Sie rannten einmal um den Innenhof des Klosters herum, doch Annabelle war wie vom Erdboden verschluckt.

„Vielleicht ist sie vor dem Kloster auf der Wiese", meinte Andy. Sie verließen den Innenhof und schauten an jedem Stand nach ihr, doch von Annabelle keine Spur.

„Die kann sich ja nicht in Luft aufgelöst haben. War sie irgendwie sauer auf dich, Wille?"

„Quatsch, warum sollte sie? Ich habe doch nichts Gemeines gesagt. Eine Idee habe ich noch. Vielleicht ist sie hinter dem Kloster, auf der anderen Seite, wo das alte Heuer-Haus steht."

„Na gut, gucken wir da noch nach, aber dann reicht's. Ich bin ja nicht hier, um deine Annabelle zu suchen!"

„Das ist nicht *meine* Annabelle, du Spinner!"

„Schon gut", grinste Andy, „lass uns nachsehen.

Hinter dem Kloster war es recht ruhig. Auf dem Rasen saßen einige Leute in der Sonne.

„Haben Sie hier ein Mädchen gesehen? Circa 1,70 Meter groß. Sie trägt Jeans, ein rotes T-Shirt und einen langen, braunen Pferdeschwanz", wandte sich Wille an ein junges Paar.

„Ja, haben wir. Die ist in das Heuerhaus gegangen", antwortete der junge Mann.

„Danke, dann gucken wir da mal nach. Wusste gar nicht, dass da auch etwas los ist."

„Eigentlich ist da nichts los", sagte die Freundin. „Wir haben uns auch gewundert, dass sie da einfach rein ist. Wir dachten, sie gehört zum Kloster."

Als Wille und Andy sich dem Heuerhaus näherten, hörten sie plötzlich ein lautes Poltern, einen Schrei und auf einmal stürzte ein Mann in brauner Mönchskutte heraus. Er stieß Andy zur Seite und floh in Richtung Vechteufer. Noch bevor Andy sich wieder aufgerappelt hatte, war der Gottesmann auf und davon.

„Alles in Ordnung?", fragte Wille und half seinem Freund auf die Beine.

„Ja, halb so wild. Aber hast du schon mal einen Mönch gesehen, der dich zur Seite schubst und abhaut?"

„Was hatte der Typ eigentlich in der Hand?"

„Keine Ahnung, lass uns nach Annabelle sehen, im Haus hat doch jemand geschrien."

Tatsächlich, Annabelle lag vor dem Kamin und war ohne Bewusstsein, am Kopf hatte sie eine blutende Wunde. Wille ging neben ihr auf die Knie und stieß sie vorsichtig an. „Annabelle, aufwachen!" Langsam öffnete sie die Augen. „Verdammt, was war das denn?", murmelte sie. „Dieser Kerl hat mich doch glatt umgehauen." Vorsichtig fasste sie sich an den Kopf und fühlte nach ihrer Wunde.

„Los, Andy, hol Hilfe, im Kloster sind doch Rettungssanitäter!", rief Wille.

Andy spurtete sofort los, während Annabelle sich vorsichtig hinsetzte. „Boah, mein Kopf tut voll weh", stöhnte sie.

„Bleib doch lieber liegen, die Sanis kommen gleich", schlug Wille besorgt vor. „Was ist denn passiert? Warum hat der Typ dich niedergeschlagen?"

„Der hat mir ein Buch aus der Hand gerissen, das ich gefunden habe. Und irgendwie kam es mir bekannt vor. Ich hätte schwören können, es war ein Band unserer alten Familienbibel. Ich habe darin herumgeblättert und gar nicht gemerkt, dass der Typ sich angeschlichen hatte."

„Und wo hast du das Buch gefunden?"

„Es lag in dem Kamin, hinter den Holzscheiten."

„Der Typ hatte eine Mönchskutte an", meinte Wille.

„Ihr habt den noch gesehen?"

„Ja, er rannte aus dem Haus, als wir rein wollten."

„Was wolltest du eigentlich im Heuerhaus?"

„Eigentlich nur mal reinschauen."

„Wusstest du von dem Buch?"

„Nein, ich habe es eher zufällig entdeckt. Ein paar der Holzscheite waren umgefallen." Bevor sie weiterreden konnten, kam Andy mit zwei Sanitätern zurück.

„So, dann geh mal zur Seite, damit wir die junge Dame behandeln können", meinte einer der beiden. Sie versorgten Annabelles Wunde und bestellten einen Rettungswagen.

„Muss das unbedingt sein? Es geht mir eigentlich schon wieder besser."

„Ja, das muss sein, wahrscheinlich hast du eine Gehirnerschütterung. Das muss untersucht werden und dann brauchst du Ruhe. Mein Kollege hat auch die Polizei informiert."

Andy und Wille nickten. „Okay, wir warten hier", sagte Wille.

Kurze Zeit später erreichten der Krankenwagen und der Polizeiwagen gleichzeitig das Heuerhaus.

Inzwischen hatte sich eine neugierige Menschenmenge versammelt, die bis auf die Zeugen aber von den Polizisten wieder weggeschickt wurde. Bevor Annabelle auf der Trage in den Rettungswagen gebracht wurde, versprachen Andy und Wille, sie so schnell wie möglich im Krankenhaus zu besuchen. Anschließend gaben sie den beiden Polizisten ausführlich Auskunft über das, was sie gesehen hatten.

„Dann werden wir wohl morgen an der Wietmarscher Straße vorbeikommen", meinte Wille lächelnd.

„Woher wisst ihr das?", wollte der Polizist wissen.

„Das ist doch bestimmt ein Fall für Hauptkommissar Vennegerts. Den kennen wir."

Die beiden Polizisten machten große Augen. „Ach, dann seid ihr die, die den Ungeheuer-Fall am Vechtesee aufgeklärt haben? Wir sind noch nicht so lange bei der Nordhorner Polizei, haben aber schon viel von euch gehört", entgegnete einer der beiden.

„Jep, sind wir", nickte Andy stolz.

„Na, dann bis morgen. Wir kündigen euch bei Hauptkommissar Vennegerts schon mal an." Er gab ihnen die Hand und stieg in den Polizeiwagen, während Wille und Andy sich auf ihren Rädern auf den Heimweg machten. Sie hatten erst mal genug vom Fest der Kulturen.

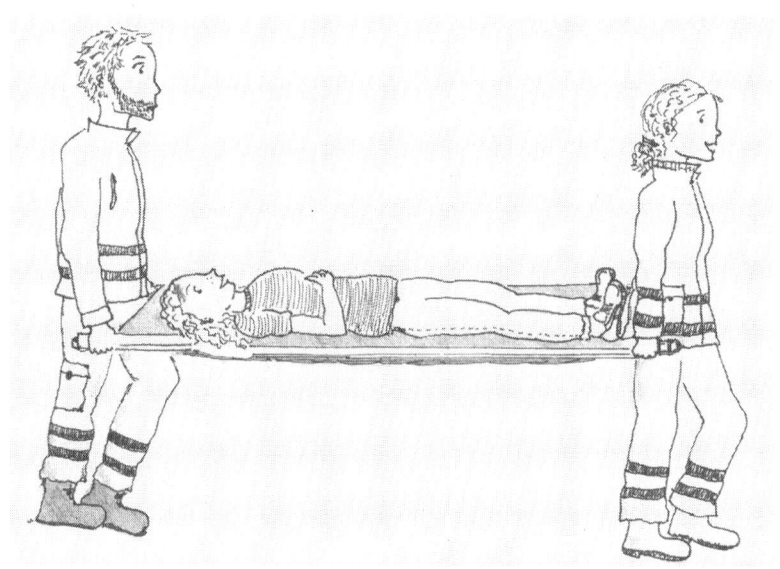

Die Geschichte der Klosterbibel

Nachdem sie schweigend wieder über den Paradiesweg und dem Weg zum Resum fahrend den Gartenabfallsammelplatz passiert hatten und an der Ampel an der Euregiostraße auf Grün warteten, meinte Andy: „Spuck's schon aus, wir sollen uns einmischen, stimmt's?"

Wille lächelte. „Wenn nicht wir, wer dann! Lass uns zu mir nach Hause fahren, dann können wir schon mal mit der Recherche anfangen. Ich will wissen, was es mit dem Buch auf sich hat!"

„Okay, Digga, ich bin dabei. Dann also erst mal zu dir."

Zehn Minuten später waren sie bei Wille zu Hause. Seine Eltern saßen wie oft bei halbwegs gutem Wetter auf der Terrasse und genossen den Samstagnachmittag.

„Hey, schon zurück?", begrüßte sie Willes Vater.

„Ja, wir wollten noch ein bisschen in Ruhe quatschen", antwortete Wille. „Warum seid ihr nicht auch zum Fest der Kulturen gekommen?"

„Ach, wir waren zu faul, es ist so schön hier auf der Terrasse. Nächstes Jahr gehen wir wieder hin", entschuldigte sich seine Mutter. „Setzt euch doch ein bisschen zu uns."

Wille schüttelte den Kopf. „Nö, wir gehen nach oben in mein Zimmer."

Seine Mutter sah in fragend an. Sie merkte sofort, wenn ihr Sohn etwas im Schilde führte. „Ist irgendetwas?", wollte sie wissen.

„Alles gut", antwortete Wille schnell und verschwand mit Andy in seinem Zimmer, bevor seine Mutter noch weitere Fragen stellen konnte.

„Warum erzählst du ihr nicht, was passiert ist?", wollte Andy wissen. Er mochte es nicht, wenn er zwischen seinem Freund und Frau Willerink stand, die er sehr nett fand und die für ihn eine Art Ersatz- oder Zweitmutter geworden war. Seine eigene Mutter liebte er über alles, zumal er allein mit ihr lebte, weil sie sich von seinem Vater getrennt hatte. Doch da sie im Schichtdienst arbeitete, war er sehr oft bei Willerinks, durfte da mitessen oder auch immer mal wieder übernachten. So manches Mal hatte er Willes Mutter schon von seinen Sorgen erzählt, wenn sein Vater mal wieder vor der Tür gestanden und randaliert hatte.

„Du weißt doch, wie sie ist", entgegnete Wille auf Andys Frage. „Sobald es ernster wird, hat sie Angst und will, dass wir uns raushalten. Wenn sie hört, was im Kloster passiert ist, kriege ich sofort eine Ansage. Da habe ich keinen Bock drauf."

„Okay, okay", wiegelte Andy ab, „aber das ist deine Entscheidung, ich kann nichts dafür, wenn du Stress bekommst."

„Logo, komm, jetzt kümmern wir uns mal um dieses Buch. Annabelle meinte ja, es sei ein voll altes Teil gewesen. Vielleicht steht was im Internet." Wille fuhr seinen Laptop hoch und begann verschiedene Suchbegriffe einzugeben, während Andy sich auf Willes Bett legte und die Zimmerdecke anstarrte. Er wusste genau, dass er jetzt einfach nur warten musste, bis sein Freund etwas gefunden hatte. Wille versuchte es zunächst mit *Kloster, Bibliothek, Frenswegen* – und wurde schnell fündig. „Hier, ich habe was. Ein Artikel über eine alte Bibel im Grafschafter Boten, vielleicht hilft uns das weiter."

Andy sprang vom Bett und schaute über Willes Schultern auf den Bildschirm. Beide überflogen den Artikel, den ihr alter Bekannter Wolf Watermann geschrieben hatte. Nachdem die Geschichte über das Ungeheuer vom Vechtesee aufgeklärt war, hatten sie von dem Redakteur des Grafschafter Boten lange nichts mehr gehört. Ihnen war es recht, Andy und Wille wussten genau, dass er ihnen nie sympathisch werden würde, auch wenn er sein Versprechen eingehalten und die Leistung der beiden Detektive in seinem Abschlussartikel über das Ungeheuer sehr gelobt hatte.

„Freiwillig hat der sein Versprechen sicher nicht gehalten", hatte Andy damals gesagt, auch wenn Wille glaubte, Watermann hätte sich durch den Fall damals auch positiv verändert.

„Hauptsache ist, wir haben ihn im Sack. Sobald er mal wieder versucht, uns über den Tisch zu ziehen, müssen wir ihn an die Geschichte einfach nur erinnern. Wenn wir auspacken, ist er als Journalist erledigt. Sie hatten damals herausbekommen, dass Watermann an der Erfindung eines Ungeheuers im Vechtesee beteiligt war. Nun würden sie möglicherweise wieder mit ihm zu tun haben, denn in dem Artikel beschrieb er ausführlich die Übergabe einer alten zweibändigen Bibel an die Bibliothek des Klosters Frenswegen.

Alte Bibel der Stiftung Kloster Frenswegen als Geschenk übergeben
Groß und schwer ruhen die Bände auf einem Glastisch in der Klosterbibliothek. Emma von Pruselitz hat sie der Stiftung Kloster Frenswe-

gen gespendet. Bei den in dunkles Leder gebundenen Büchern handelt es sich um eine zweibändige „Staatenbibel" aus dem Jahr 1663. Seit Generationen gehörte sie ihrer Familie. „Mein Vater hat noch daraus gelesen", meint Emma von Pruselitz. Ursprünglich sollen die beiden Bibelbände aus der Kirche in Hoogstede stammen. Wie sie letztlich in den Besitz der Familie von Pruselitz geraten sind, weiß keiner so genau. Die Bad Bentheimer Restauratorin Tilda Weusting hat die Bücher sorgsam restauriert und aufbereitet. Sie stammen aus den Jahren 1528/29.

„Die Klosterbibliothek hat einst ein Exemplar dieser Ausgabe besessen, das allerdings 1874 mitsamt vielen anderen Bänden an die Universitätsbibliothek Straßburg verschenkt wurde", weiß Dr. Müller von der Klosterstiftung zu berichten.

Ein besonderes Schmuckstück der Bibliothek im Obergeschoss des Klosters ist die Raritäten-Abteilung. Dort bemüht sich Gertraud Herrmann darum, in zeitaufwendiger Kleinarbeit Ordnung zu schaffen. Durch die gespendeten Bücher wird diese Abteilung nun um zwei besonders wertvolle „Schätze" ergänzt.

Der Vorsitzende des Fördervereins, Helmut Rühmann, und die Vorsitzende der Stiftung Kloster Frenswegen, Heidrun Woltmann, dankten bei der offiziellen Übergabe für die Spende und betonten: „Für die Bewahrung der kulturellen Tradition der Grafschaft ist die Klosterbibliothek von einzigartiger Bedeutung." Zudem sei auch der materielle Wert der alten Bibel nicht hoch genug einzuschätzen. (WW)

„Und was hat der Artikel jetzt mit dem Überfall zu tun?", wollte Andy wissen.

„Weiß ich auch noch nicht, aber ich habe so ein Bauchgefühl. Das Buch, das Annabelle in dem Heuerhaus gefunden hat, kam ihr doch bekannt vor. Vielleicht war das diese Bibel. Ich schätze, wir müssen unseren Krankenhausbesuch ziemlich bald machen."

„Okay. Soll ich mitkommen?" Andy grinste etwas bei seiner Frage.

„Natürlich kommst du mit. Was denkst du denn?"

„Na, ja, ich dachte, vielleicht willst du lieber allein mit ihr reden."

„Hör auf mit dem Mist. Sag mir lieber, wann du Zeit hast."

„Am besten sofort morgen früh."

„Alles klar, dann warte ich um zehn bei uns am Fahrradständer auf dich."

Andy wohnte mit seiner Mutter in dem Hochhaus auf der Kanalstraße im achten Stock. Den beiden gefiel es dort sehr, vor allem die Aussicht über Nordhorn fanden sie toll. Schon oft hatten sie abends noch im Dunkeln lange auf dem Balkon gesessen und auf die Lichter der Stadt geschaut. Andy hatte das Gefühl, dass seine Mutter in solchen Augenblicken fast so zufrieden und glücklich war wie zu der Zeit, als sie sich mit seinem Vater noch verstand. Seit sie sich wegen seiner Trinkerei von ihm hatte scheiden lassen, war sie oft traurig und gestresst. Doch nach der Versöhnung mit ihrem Bruder Werner ging es ihr besser und sie war trotz der harten Schichtarbeit in der Textilfabrik fast wieder wie früher.

Wille nickte zustimmend.

„Okay, dann haben wir ja erst mal einen Plan. Ich fahr jetzt nach Hause. Mama wartet auf mich. Wir wollen noch zu Onkel Werner."

„Ich geh mit", meinte Wille und begleitete Andy nach unten. Willes Eltern saßen noch auf der Terrasse und tranken Tee. Beide arbeiteten hart, denn Frau Willerink war Leiterin eines kleinen Supermarktes und ihr Mann arbeitete in einem Baumarkt. Das bedeutete für sie, oft am Samstag lange im Geschäft zu sein. Doch dieses Wochenende hatten sie frei.

„Na, Jungs, wie war es auf dem Fest der Kulturen?", wollte Herr Willerink wissen.

Spontan entschied Wille sich dafür, seinen Eltern doch von dem Überfall zu erzählen, denn sie würden es aus der Zeitung sowieso erfahren. „Eigentlich cool wie immer", antwortete Wille, aber es gab einen Zwischenfall, die Polizei musste kommen."

„Wieso? Was war denn los?"

Gespannt hörten Herr und Frau Willerink, was passiert war. „Das ist ja wirklich schlimm", sagte Willes Mutter, „nur eins, mein Sohn, lass dir gesagt sein, du wirst dich nicht wieder als Detektiv betätigen. Damit wir uns verstehen. Und du, Andy, denkst bitte auch daran!"

„Klar, Mama, aber zur Polizei müssen wir nun mal. Wegen der Zeugenaussage."

Sein Vater sagte nichts, aber Wille konnte deutlich sehen, dass ihm ein kurzes Lächeln über das Gesicht huschte.

„Ja, dann werde ich jetzt mal nach Hause gehen, schönen Abend", meinte Andy, um nicht von Frau Willerink auf das Detektivthema angesprochen zu werden. Er wollte einfach nicht schon wieder zwischen den Stühlen stehen.

„Ja, dir auch", antwortete sie, während ihr Mann kurz die Hand zum

Abschiedsgruß hob. Andy atmete auf, während Wille noch mit ihm zur Hofeinfahrt ging, wo Andy sein Rad abgestellt hatte. „Hör mal, Alter, lass mich aus dem Theater mit deiner Mutter heraus", mahnte er Wille, „ich bin nicht dein Aufpasser, mach das deiner Ma klar."

„Ja, aber ich kann auch nichts dafür, dass sie dich immer wieder anspricht."

„Schon gut, bis morgen." Andy sprang er auf sein Rad und fuhr nach Hause.

Besuch bei Annabelle

Wie immer musste Andy eine Weile auf Wille warten. Er würde es nie lernen, eine Verabredung mal pünktlich einzuhalten. Aber Andy regte sich schon lange nicht mehr darüber auf. Wille war eben Wille. Sie waren auch deshalb so lange befreundet, weil sie gelernt hatten, sich gegenseitig so zu akzeptieren, wie sie waren. Wille musste schließlich auch Andys schlechte Laune aushalten, wenn Andys Vater wieder mal versucht hatte, ihn und seine Mutter zu belästigen. Auch wenn das jetzt schon länger nicht mehr vorgekommen war, weil er seit seinem letzten Auftritt vor ihrer Wohnungstür von der Polizei festgenommen und dann zu einigen Monaten Gefängnis verurteilt worden war.

Andy stand mit seinem Fahrrad bereits auf der dem Hochhaus gegenüberliegenden Seite der Kanalstraße und hielt auf der Katzenbuckelbrücke Ausschau nach seinem Freund. Es war ein typischer Sonntagmorgen und kaum Verkehr auf der Straße, lediglich ein paar Autos waren unterwegs. Fast immer saß nur ein Mann hinter dem Steuer. Andy vermutete, dass es sich um Kunden der nahe gelegenen Bäckerei handelte, die sich unweit vom Blankekreisverkehr am Heideweg befand. Die Brötchen waren super, aber seine Mutter und er konnten sich eben nicht so oft Sonntagsbrötchen leisten. Während er einen riesigen SUV mit seinem Blick verfolgte, sah er Wille auf seinem Fahrrad auf sich zukommen.

„Na, ausgeschlafen?", begrüßte ihn Wille.

„Die Frage hätte ich auch an dich gehabt", antwortete Andy lachend, während er aufstieg und sich mit Wille auf den Weg zur Euregio-Klinik machte. Sie fuhren wie immer bis zur Kreuzung an der Denekamper Straße.

„Geradeaus oder fahren wir über den Stadtring?", wollte Wille wissen.

„Geradeaus, ich will mal sehen, wie man jetzt durch den umgebauten Kreisverkehr am Ootmarsumer Weg fährt." Nach dem Umbau fuhren die Radfahrer nicht mehr auf einem eigenen Radweg, sondern mit den Autos zusammen auf der Straße. „Ist doch eigentlich ganz okay", meinte er, „so ist jeder vorsichtiger."

„Kann schon sein", antwortete Wille, den das Thema nicht so interessierte. Er war vor allem gespannt, was Annabelle im Krankenhaus zu erzählen hatte. Nachdem sie die Veldhauser Straße erreicht hatten, bogen sie in Richtung Euregio-Klinik ab.

„Endlich", meinte Wille, „ich glaube, über den Stadtring wären wir schneller gewesen." Das war zwischen den beiden ein altes Streitthema, jeder behauptete, den kürzeren Weg zu kennen. Heute hatte Andy die Richtung vorgegeben, aber Wille wollte auf jeden Fall beim nächsten Mal wieder selbst bestimmen, wo es langgehen sollte.

„Große Lust habe ich ja nicht auf Krankenhausluft", stöhnte Andy, nachdem sie sich erkundigt hatten, auf welchem Zimmer Annabelle lag.

„Ich weiß, ich weiß. Wenn du willst, warte doch draußen." Wille musste etwas lächeln, sein Freund war wirklich sehr empfindlich. Aber er wusste ja, warum, denn Andy hatte mal als Kleinkind wegen eines Unfalles mit seinem Fahrrad ziemlich lange im Krankenhaus verbracht.

„Nö, nö, ich gehe schon mit. Will ja auch wissen, was deine Annabelle so zu erzählen hat."

„Das ist nicht *meine* Annabelle, hör endlich auf damit!" Jetzt waren sie wieder quitt und liefen schweigsam die langen Gänge entlang, bis sie vor Annabelles Zimmer standen. Wille klopfte. Da niemand antwortete, übernahm Andy jetzt das Kommando und hämmerte mit der Faust an die Tür. „Bist du verrückt?", schimpfte Wille, doch da jetzt von drinnen eine Mädchenstimme: „Herein", rief, öffnete Andy und ging wie selbstverständlich zu Annabelle, die in einem Bett direkt am Fenster lag. Wille folgte seinem Freund, ihm blieb ja auch nichts anderes übrig.

„Hey, ihr zwei, das ist aber nett. So schnell hätte ich gar nicht mit euch gerechnet."

„Tja, unverhofft kommt oft", meinte Andy, während Wille etwas steif am Bettende stehen blieb.

„Wie geht es dir?", fragte er schüchtern.

„Schon wieder ganz gut, die Ärztin meint, dass sie mich wahrscheinlich am Montag wieder nach Hause schicken kann. Bin ja auch nur zur Beobachtung hier."

„Und? Hast du eine Gehirnerschütterung?", wollte Andy wissen.

„Nö, keine Spur, aber ich soll trotzdem noch eine Woche zu Hause bleiben. Dann muss ich wenigstens nicht in die Schule."

„Glück im Unglück", meinte Wille. „Können wir mit dir über das Buch reden, dass dir dieser Typ geklaut hat?"

„Klar, was wollt ihr wissen?"
„Das Buch ist eine Bibel, oder?"
Annabelle nickte. „Du weißt ja schon Bescheid."
„Ja, habe ich in einem Artikel im Grafschafter Boten gelesen. Die Bibel ist ziemlich wertvoll, oder?"
„Schätze schon, meine Mutter ist voll stolz drauf. Sie ist schon ewig in unserem Familienbesitz."
Andy schüttelte den Kopf. „Verrückt, wie kann man so lange eine Bibel besitzen und sogar weitervererben? So was gibt es bei uns nicht. Ich weiß nicht mal, ob wir eine Bibel haben."
„Mein Opa soll sogar noch darin gelesen haben. Ich weiß nicht genau, wie und warum sie bei uns gelandet ist, denn sie gehörte eigentlich in die Kirche von Hoogstede und war ziemlich kaputt. Aber ist ja auch egal. Jedenfalls hat meine Mutter sie von jemandem wieder reparieren lassen und dann mit dem Kloster gesprochen und denen geschenkt. Übrigens waren das zwei Bände."
Wille und Andy horchten auf. „Aber in dem Heuerhaus hast du doch nur einen gefunden, oder?"
„Ja, vielleicht ist ja der andere Band schon vorher geklaut worden oder noch in der Klosterbibliothek."
„Hm, hast du eine Ahnung, wie viel die beiden Bände wert sind?", wollte Wille wissen.
„Nö, nicht wirklich. Aber schon eine Menge. Müsste ich meine Mutter fragen."
„Nehmen wir mal an, die würde 'ne Menge Kohle bringen", überlegte Andy, „gäbe es jemanden, der das Geld gebrauchen könnte?"
„Mir fällt da niemand ein. Bei uns in der Familie haben alle gute Jobs und ziemlich viel Geld."
Plötzlich klopfte es und noch bevor Annabelle: „Herein!", rufen konnte, öffnete sich die Tür und eine große Frau mit langen, braunen, zu einem Pferdeschwanz zusammengebundenen Haaren, betrat das Zimmer. Wille und Andy sahen sofort, dass es sich um Annabelles Mutter handeln musste.
Sie beugte sich zu ihrer Tochter herunter und gab ihr einen Kuss auf die Stirn. „Hallo, mein Schatz, wie geht es dir heute?"
„Alles gut, Mama."
„Keine Kopfschmerzen oder sonstige Schmerzen?"
„Nein, nichts."
„Willst du mir die beiden jungen Herren nicht vorstellen?"

„Klar, das sind Wille und Andy. Wille ist in meiner Parallelklasse und Andy geht auf die Lupo-Schule."

„Freut mich, euch kennenzulernen, aber jetzt solltet ihr gehen, Annabelle braucht noch Ruhe", sagte Annabelles Mutter in einem ziemlichen Befehlston.

„Mama, es geht mir schon wieder ganz gut, sagte ich doch gerade. Das sind übrigens die beiden, die mir nach dem Überfall zuerst geholfen haben."

„Ah ja, sehr schön, aber wie gesagt, ihr solltet jetzt wirklich gehen. Wenn Annabelle wieder zu Hause ist, würde ich euch gerne zu uns einladen."

„Kein Problem", meinte Andy.

Frau von Pruselitz zog die Augenbrauen hoch. „Dass ich euch einladen will?"

„Nein, nein, ich wollte sagen, es war doch klar, dass wir Annabelle helfen."

„Und wir kommen natürlich gerne", ergänzte Wille. „Darf ich Ihnen eine Frage stellen?"

„Ja, eine."

„Waren die beiden Bibelbände viel wert?"

„Allerdings, die sind schließlich aus dem Jahr 1663. Nach der Restauration, die ich bei einer Fachfrau in Bad Bentheim in Auftrag gegeben habe, sind sie wahrscheinlich bis zu 30.000 Euro wert. Warum wollt ihr das wissen?"

„Ach, nur so, wir interessieren uns einfach dafür."

„Wo ist eigentlich der zweite Band, Mama? In dem Heuerhaus habe ich nur einen gefunden, bevor ich überfallen wurde."

„Laut Polizei ist der zweite Band auch verschwunden, jedenfalls ist er nicht mehr in der Klosterbibliothek."

„Werden die Bücher denn da nicht richtig gesichert?", fragte Andy.

Frau von Pruselitz zuckte mit den Schultern. „Doch, bestimmt, aber wie, weiß ich auch nicht. Ihr seid aber sehr neugierig?"

„Mama, die beiden sind Superdetektive, sie haben den Fall mit dem Ungeheuer vom Vechtesee aufgeklärt."

„Ach, ihr seid das, aber diese Geschichte ist wohl eher ein Fall für die Nordhorner Polizei."

„Klar, Frau von Pruselitz, die sind ja auch schon am Kloster gewesen und haben alles aufgenommen."

„Ich kann euch nur raten, Jungs, das den Profis zu überlassen, für

euch ist das viel zu gefährlich und übersteigt eure Möglichkeiten."
„Geht klar, Frau von Pruselitz, wir wollten auch eigentlich nur Ihre Tochter besuchen."
Annabelles Mutter lächelte. „Ja, dann wünsche ich euch noch einen schönen Tag."
„Komm, Andy, wir verschwinden. Tschüss, Annabelle, bis demnächst dann." Wille gab Andy einen kleinen Stoß und ging zur Tür des Krankenhauszimmers.
Verwundert sah Andy ihm nach. So hatte er seinen Freund noch nie erlebt. Der ließ sich sonst eigentlich gar nichts sagen, wenn er einen Fall hatte.
„Was ist, kommst du?" Willes Stimme klang fast schon unfreundlich. Andy blieb nichts anderes übrig, als seinem Freund zu folgen. „Was ist los mit dir? Du bist doch sonst nicht so!", entgegnete er, als sie die Tür zum Krankenzimmer geschlossen hatten.
Wille sagte nichts und lief auf direktem Weg zu den Aufzügen. „Lass uns erst mal raus hier!", presste er heraus.
Erst als sie unten wieder an ihren Fahrrädern standen, erklärte Wille es ihm. „Ich wollte nicht, dass Annabelles Mutter sich einmischt. Die bringt es noch fertig, deine Mutter und meine Eltern anzurufen. Dann sind wir ganz schnell raus aus der ganzen Geschichte."
„Ich weiß nicht", meinte Andy, „das traue ich ihr nicht zu."
„Man weiß ja nie. Am besten, wir reden erst mal mit den Klosterleuten und Ludger Vennegerts von der Kripo. Dann wissen wir mehr, als wir jemals von dieser Frau von Pruselitz erfahren können."
„Okay, und wen willst du vom Kloster ansprechen?"
„Ich kenne die katholische Moderatorin Klara Gysbers."
„Was ist das, eine Moderatorin?"
„Die organisiert das Programm im Kloster, die Veranstaltungen sowie das Fest der Kulturen."
„Ach so. Woher kennst du die?"
„Ich habe sie gefragt, ob ich bei dem nächsten Fest helfen kann."
„Und?"
„Kann ich, gibt sogar Kohle dafür und frei Essen an den Ständen."
„Krass, kann ich da auch mitmachen?"
„Logo, wenn wir sie treffen, kannst du sie ja fragen."
„Wann denn?"
„Ich versuche, sie morgen zu erreichen."
„Was machen wir jetzt?", wollte Andy wissen?

„Am besten, wir fahren zu dir, dann können wir versuchen, noch mehr zu den beiden Bibeln herauszufinden."

Sie machten sich auf den Rückweg zur Kanalstraße. Als sie an der Wohnung von Onkel Werner vorbeikamen, dem Bruder von Andys Mutter, sahen sie, dass sein uralter blauer Audi 100 am Straßenrand parkte. „Das ist ja super, mein Onkel ist zu Hause", rief Andy, bremste und sprang von seinem Rad. Noch bevor Wille etwas sagen konnte, hatte er schon an der Haustür geklingelt. Es dauerte einen Augenblick, doch dann hörten sie seine schweren Schritte im Flur.

„Hey, Jungs", begrüßte er sie mit seiner tönenden Bassstimme, „das ist ja nett, dass ihr mich besuchen kommt. Aber leider habe ich im Augenblick keine Zeit. Ich treffe mich gleich mit meiner Band zur Probe."

„Können wir mitkommen?", fragte Andy, der schon immer mal gerne dabei sein wollte.

„Vor mir aus ja. Was sagen eure Leute zu Hause dazu?"

„Och, die können wir ja anrufen. Dann wissen sie Bescheid." Andy schaute Wille fragend an. Der nickte und griff schon zu seinem Handy, auch Andy informierte seine Mutter.

Kurze Zeit später saßen sie alle drei in Onkel Werners Wagen und machten sich auf den Weg nach Esche, einer Siedlung in der Nähe von Neuenhaus, Nordhorns Nachbarstadt, wo Onkel Werners Freund Bruno mit seiner Frau in einem kleinen Bauernhaus lebte. Da Bruno Gitarrenlehrer war, hatte er sich ein Nebengebäude des Wohnhauses zu einem Unterrichts- und Probenraum umgebaut.

Dort traf sich die Band einmal pro Woche zum Üben. Außer Bruno gehörten noch Hannes und Lefti zur Band. Der große, schlaksige Hannes, obwohl noch gar nicht so alt, hatte schlohweißes Haar und einen fast ebenso langen Bart wie Onkel Werner, während Lefti kahlköpfig war. Weil er ständig Angst davor hatte, sich die Kopfhaut zu verbrennen, trug er einen Strohhut mit breiter Krempe und sprach mit einem sehr eigenwilligen Akzent deutsch, denn er kam gebürtig aus Kroatien.

„Meinen Neffen und seinen Freund Wille kennt ihr ja schon, oder?", stellte Onkel Werner die beiden Freunde vor.

„Klar, ihr seid doch die stadtbekannten Meisterdetektive", lachte Lefti und schlug Wille und Andy freundschaftlich auf die Schultern. „Macht ihr auch Musik?"

„Nein, wir wollten einfach ein bisschen zuhören. Wir haben euch schon ein paarmal spielen sehen, auch beim Fest der Kulturen, und eure Auftritte im Stadtpark sind immer cool", antwortete Andy.

„Na, Jungs, dann lasst uns mal anfangen", schlug Onkel Werner vor, der es sich inzwischen mit seinem Mundharmonikakoffer vor dem Mikrofon auf einem Stuhl bequem gemacht hatte.

Nach einem kurzen Einstimmen der Instrumente, Lefti und Hannes spielten Gitarre, während Bruno für den Rhythmus zuständig war, legte die Band los. Onkel Werners tönender Bass hatte die Gitarren und die Bongotrommeln gut im Griff. Vor allem der erste Song gefiel Andy und Wille gut: *Sitting on the dock of the bay – Ich sitze bei den Docks an der Bucht.*

Auch wenn immer mal wieder einer der Musiker unterbrach, weil diese oder jene Note nicht ganz richtig gespielt oder die Abstimmung der Gitarren mit der Mundharmonika nicht zu passen schien, Wille und Andy waren begeistert. Insgeheim fasste Andy den Entschluss, auch Gitarre spielen zu lernen. Alle hatten einen Riesenspaß, und am Ende der Probe holte Bruno auch noch den Grill aus dem Schuppen und spendierte eine Runde Würstchen.

„Wie sieht es denn aus mit eurer Detektivarbeit?", wollte Onkel Werner wissen. „Habt ihr schon wieder einen Fall?"

„Ja, haben wir", meinte Wille und erzählte den Musikern von ihrem Erlebnis auf dem Fest der Kulturen.

„Mann oh Mann, das ist ein Ding. Habe ich nichts von mitbekommen, obwohl wir ja dabei waren", staunte Onkel Werner.

„Stand heute schon auf der Online-Seite vom Grafschafter Boten", meinte Lefti. „Und das ist jetzt euer neuer Fall?" Andy und Wille nickten. „Ja, wir wollen Annabelle helfen. Aber natürlich sind wir auch neugierig", gab Wille zu.

„Hm, das mit der von Pruselitz ist schon eine interessante Sache", überlegte Lefti.

„Wieso, was ist mit der?" Andy und Wille spitzten sofort die Ohren.

„Na ja, ich bin Mitglied des Fördervereins vom Kloster und die von Pruselitz ist dort im Vorstand. Sie hat einen Riesenaufstand gemacht, als sie dem Kloster die beiden Bibelbände geschenkt hat. Fand ich etwas übertrieben, vermutlich hat sie vor allem Steuervorteile durch die Schenkung."

„Warum nicht? So eine Schenkung an öffentliche Bibliotheken ist doch eine gute Sache. Dann haben alle Leute was davon", wandte Bruno ein.

„Stimmt schon, aber mir hat der Wind nicht gefallen, den sie um die Schenkung gemacht hat. Sie ist halt gerne in der Zeitung, das hilft auch ihrer Firma."

„Und was hat sie für eine Firma?", wollte Onkel Werner wissen."

„Sie ist Gastronomin. Sie besitzt in ganz Deutschland Diskotheken und Restaurants, in Nordhorn das *Sun Number 10*."

Jetzt ging Lefti und Bruno ein Licht auf. Im *Sun Number 10* waren sie alle schon mal, denn zum Programm der riesigen Diskothek gehörten immer wieder interessante Ü-40-Partys und Konzerte. Nur Andy und Wille kannten den Klub nicht von innen, denn dafür waren sie natürlich zu jung. „Wenn ihr wollt, höre ich mich mal ein bisschen genauer über von Frau von Pruselitz um. Kann ja nicht schaden", versprach Lefti.

„Das wäre voll nett", antwortete Wille. Wir wollen uns morgen nämlich mit Klara Gysbers vom Kloster treffen."

„Ah, gute Idee, die ist wirklich sympathisch und kann euch bestimmt eine Menge erzählen." Danach ging es wieder um Musik, die nächsten Auftritte der Band und alle möglichen komischen Geschichten, bis Onkel Werner irgendwann zum Aufbruch blies.

Nachmittags im Kloster

Wille war kein Fan vom Montagmorgen. Erst recht nicht, wenn er eine Mathearbeit schreiben musste und sich eigentlich viel lieber mit dem neuen Fall beschäftigen würde. Zwar mochte er seinen Mathelehrer gern, er war anders als die meisten Lehrer, konnte witzig sein, spielte mindestens so gut Mundharmonika wie Onkel Werner und sein Unterricht war meist interessant. Aber es blieb dabei, Mathe bestand für Wille trotzdem weiter aus einer Aneinanderreihung von vielen großen Geheimnissen. Entsprechend missmutig stand er auf und sprach während des Frühstücks mit seinen Eltern kein Wort.

„Was ist los mit dir?", wollte Frau Willerink wissen. „Geht es um die Mathearbeit?"

Wille nickte und verkroch sich noch tiefer hinter seiner großen Kakaotasse.

„Junge, ich glaube an dich. Du hast doch geübt, und wenn du die Arbeit vergeigst, geht die Welt auch nicht unter", versuchte ihn sein Vater zu trösten.

„Geübt ..., wenn der wüsste", dachte Wille und musste fast ein wenig schmunzeln. Als er aufgegessen hatte, versuchte er, sich so locker und gleichmütig von seinen Eltern zu verabschieden wie immer.

„Du weißt ja, heute Mittag bist du allein", sagte Frau Willerink, „dein Essen steht im Kühlschrank. Musst es nur in die Mikrowelle stellen."

Wille nickte und war froh, endlich gehen zu können. Er mochte seine Eltern, auch wenn sie manchmal etwas nervten. Aber im Grunde kam er gut mit ihnen aus. Zugegeben, in letzter Zeit wurden sie anstrengender, je älter er wurde und je mehr er mit Andy unterwegs war, desto mehr versuchten sie, ihn zu kontrollieren, vor allem seine Mutter. Aber bisher hatte er es meist geschafft, sie irgendwie rauszuhalten, wenn Andy und er mal wieder mit einem Fall beschäftigt waren. So wie es aussah, könnte sich der Bibelfall zu einer hoch spannenden Geschichte entwickeln.

Nach der Schule wollte er sich mit Andy an der Kreuzung am Stadtringgymnasium treffen, damit sie zur Polizei fahren konnten. Sie hatten ja noch ihre Zeugenaussage zu machen. Aber erst galt es, die Mathearbeit zu überstehen.

Als Wille auf den Schulhof fuhr, um sein Rad an den Fahrradständern abzustellen, traf er seit langem mal wieder auf Ole, einen seiner ehemaligen Lieblingsfeinde. Nach dem Ungeheuer-Fall waren Ole sowie Lars und Patrick ausgesprochen freundlich zu ihm, denn Wille und Andy hatten sie immer noch in der Hand, schließlich hatten die drei das Fake-Ungeheuer mit der Fernbedienung gesteuert. Hätten Wille und Andy damals nicht dichtgehalten, wären Lars, Ole und Patrick vermutlich wegen Betrugs von der Schule geflogen. Im Laufe der Zeit hatten sie jedoch das Ungeheuer immer weniger durch den Vechtesee schwimmen lassen, bis Wolf Watermann ihnen vorschlug, es vollständig stillzulegen. Auch der Journalist des Grafschafter Boten hatte ein Interesse daran, denn das Risiko, erwischt zu werden, wurde von Mal zu Mal größer. Die Wirkung hatte dennoch angehalten, noch immer kamen viel mehr Touristen als vor dem Auftauchen des Ungeheuers nach Nordhorn, weil sie hofften, das Ungeheuer irgendwann sehen zu können. Der Tourismus-Verein hatte sogar kleine Plastikungeheuer als Nordhorn-Souvenir angeschafft, die sich als großer Renner erwiesen und eine nette Summe einbrachten, mit der weitere Veranstaltungen rund um das Ungeheuer finanziert werden konnten.

„Hey, Wille", begrüßte ihn Ole, „schon lange nichts mehr von dir gehört."

„Stimmt, ich von dir und deinen Kumpels auch nicht. Wie geht es Lars und Patrick?", antwortete Wille etwas zurückhaltend.

„Gut. Wir wollten dich und Andy fragen, ob ihr Bock auf eine Demo habt?"

„Hä? Was für eine Demo?"

„Fridays for Future. Wir machen bei dem Vorbereitungskreis mit und brauchen noch Leute."

Wille war überrascht. Das hätte er den dreien gar nicht zugetraut. „Was ist denn mit euch los? Seit wann setzt ihr euch für Klimaschutz ein?"

„Schon länger, uns reicht es nämlich, dass hier nichts passiert. Alles läuft so weiter wie immer, auch hier in Nordhorn."

„Was meinst du damit?"

„Ich finde es echt doof, dass hier bei uns zum Beispiel immer noch Containern verboten ist."

„Containern?"

„Ja, warum darf man die Lebensmittel, die die Supermärkte in Container werfen, nicht rausholen und mitnehmen. Da sind so viele Sachen dabei, die man noch essen kann."
Wille kratze sich am Kopf. „Stimmt", sagte er, „habe ich noch nie drüber nachgedacht. Muss ich mal meine Mutter drauf ansprechen."
„Wieso?"
„Sie arbeitet in einem Supermarkt."
„Super!" Ole klopfte ihm anerkennend auf die Schulter. „Tja, und jetzt planen wir mit mehreren Leuten eine große Demo in der Stadt. Freitag in vier Wochen, an dem großen Fridays for Future-Aktionstag. Da müssen wir uns in Nordhorn unbedingt dran beteiligen."
„Krass, finde ich gut", meinte Wille, „wann trefft ihr euch? Ich bin dabei."
„Übermorgen im Jugendzentrum an der Denekamper Straße, um 18.00 Uhr. Wenn Andy Lust hat, kann er gerne mitkommen."
„Okay, ich frage ihn."
Es klingelte.
„Muss los", wandte er sich an Ole, „wir schreiben gleich Mathe."
„Viel Glück." Auch Ole machte sich auf den Weg.
Als Wille den Klassenraum betrat, waren die anderen schon alle da. Das war bei Mathe fast immer so, jetzt, da es um Geometrie in der Klassenarbeit ging, erst recht. Denn es war einiges an Material aus der Tasche zu holen, und das waren nicht nur ein Geodreieck, sondern zum Beispiel auch Stifte und Zirkel. Es war viel ruhiger als sonst, jeder war mit sich selbst beschäftigt, sah noch mal in seine Unterlagen, ein letzter Blick in das Mathebuch, manche saßen auch einfach da und schienen vor sich hin zu träumen.
„Hey, Wille!", flüsterte sein Vordermann Joscha ihm zu. „Was ist los mit dir? Warum bist du so spät?"
„Ach, ich hab' Ole aus der 10 getroffen. Der wollte mir noch was Wichtiges erzählen."
„Seit wann redest du wieder mit dem Idioten?"
Wille wollte gerade antworten, als Herr Diepmann hereingerauscht kam. Wenn er Arbeiten schreiben ließ, tat er immer total dynamisch und streng. „Guten Morgen, meine Damen und Herren!", rief er und knallte den Stapel Klassenarbeitshefte auf den Tisch. „Ihr wisst ja, heute wird es mal wieder ernst. Das ist bedauerlich, aber ab und zu muss es eben sein." Er sah sich in der Klasse um und kontrollierte, ob alle ihre Tische und Stühle weit genug auseinandergeschoben hatten. „Jonas, du

musst mit deinem Tisch noch etwas weiter nach links rücken. Sonst sehe ich dich hier von vorne nicht. Und das wäre doch schade, oder?"

Jonas grinste etwas verlegen. Herr Diepmann sagte das nicht ohne Grund, denn beim letzten Mal hatte er ihn beim Schummeln erwischt und ihm die Klassenarbeit abgenommen. Allerdings sah er das eher sportlich und war nicht persönlich beleidigt. „Ich habe früher auch geschummelt", hatte er gesagt, aber Jonas natürlich dennoch eine 6 gegeben.

Dann ging es los. Herr Diepmann hatte den Aufgabenzettel bereits in die Hefte gelegt, die er jetzt durch die Bankreihen gehend verteilte. „Okay, meine Damen und Herren, ihr könnt loslegen", sagte er, nachdem alle Hefte auf den Tischen seiner Schülerinnen und Schüler lagen.

Mit leicht zittrigen Händen schlug Wille sein Heft auf und stellte schon beim ersten Blick auf den Aufgabenzettel fest, dass es nicht leicht werden würde. Satz des Pythagoras, Winkel berechnen, Sinus, Cosinus und Hypotenuse. Wille hasste es. „Wofür brauche ich diesen ganzen Mist", fluchte er innerlich. Aber es half nichts, er musste versuchen, das Beste daraus zu machen. Aufmerksam las er die Aufgaben durch und stellte gleich fest, dass es nicht lohnte, sich mit allen zu beschäftigen. „Besser, ich versuche die ersten beiden Aufgaben, vielleicht reicht es dann für eine 4", dachte Wille. „Mit der richtigen Taktik kommt man manchmal auch weiter."

Als er nach 45 Minuten seine Arbeit abgab, hatte er gar nicht mal so ein schlechtes Gefühl.

„Wie ist es gelaufen?", wollte Herr Diepmann wissen.

„Mal sehen, vielleicht okay, wenn Sie gnädig sind."

Herr Diepmann lächelte, er wusste natürlich, dass Mathe nicht zu den Lieblingsfächern Willes gehörte.

Nachdem auch die Englisch-und Geschichtsstunden vorüber waren, verließ Wille die Schule, um sich wie geplant mit Andy an der Kreuzung am Stadtring zu treffen. Sein Freund wartete schon auf der anderen Seite vor der Fahrschule.

„Hallo, Alter, wie gehts?", lachte Andy, der schon nach der vierten Stunde frei hatte.

„Alles super, Mathearbeit habe ich überstanden."

Gemeinsam fuhren die beiden auf dem Radweg Richtung Wietmarscher Straße, um ihre Zeugenaussage bei Ludger Vennegerts auf dem Polizeikommissariat zu machen.

Auf dem Stadtring war wie immer viel Verkehr. Wille und Andy mussten fast an jeder Ampelkreuzung auf Grün warten. „Das ist doch bescheuert, die Autos haben immer ihre grüne Welle und wir Radfahrer müssen dauernd warten und die Autoabgase einatmen", schimpfte Andy, als sie an der Kreuzung an der Neuenhauser Straße wieder stehen bleiben mussten.

„Stimmt, finde ich auch doof. Da fällt mir ein, dass mich heute unser alter Freund Ole angesprochen hat. Er will wissen, ob wir Bock haben, bei Fridays for Future mitzumachen."

Andy starrte ihn an. „Ole? Was ist denn mit dem los? Hat jemand bei dem eine Gehirnwäsche gemacht?"

„Keine Ahnung, aber ich will wohl. Was ist mit dir?"

„Warum nicht? Bin echt neugierig, ob der wirklich anders drauf ist."

Inzwischen hatten sie das Polizeigebäude erreicht und warteten darauf, zu Ludger Vennegerts ins Büro gehen zu können.

Noch immer war Polizeimeister Müller am Eingangsschalter und freute sich, die beiden wiederzusehen. „Wille, Andy, habe schon gehört, dass ihr eine Zeugenaussage machen müsst. Hauptkommissar Vennegerts wartet schon. Ihr wisst ja, wo ihr ihn findet."

Die Jungen gingen in den dritten Stock und klopften an die Tür.

„Herein!" Seine Stimme klang anders als sonst, irgendwie mehr nach Hauptkommissar, strenger und lauter. Wille öffnete die Tür und betrat mit Andy das Büro. Vennegerts saß hinter seinem Schreibtisch, erhob sich aber sofort, als die beiden eintraten, und begrüßte sie lächelnd. „Andy, Wille, das ist schön, dass ihr schon da seid. Ich habe nämlich nachher noch ein Treffen mit dem Bürgermeister von Nordhorn, dann haben wir ja jetzt etwas mehr Zeit. Nehmt Platz." Er wies auf die Sitzgruppe und setzte sich mit den beiden an den Tisch. „Wollt ihr was trinken?"

Wille und Andy schüttelten den Kopf. „Besser, wir kommen sofort zu unserer Aussage", meinte Andy.

Und dann erzählten er und Wille noch einmal im Einzelnen, was sie im Kloster Frenswegen erlebt hatten. Durch die genauen Fragen des Hauptkommissars fiel ihnen das ziemlich leicht. Da er alles aufnahm und eine Mitarbeiterin ihre Aussage sofort abtippte, konnten sie ihre Zeugenaussagen anschließend auch sofort unterschreiben.

„So, das war das Geschäftliche", sagte Ludger Vennegerts, „wie geht es euch sonst?"

„Gut", meinte Wille, „aber wir würden Sie auch gerne etwas fragen."

„Was habt ihr auf dem Herzen?"

„Kennen Sie die Frau von Pruselitz?"

Ludger Vennegerts zog seine Augenbrauen hoch. „Wie kommt ihr denn auf die?"

„Sie hat doch die beiden Bücher dem Kloster geschenkt und damit einen ziemlichen Zeitungswirbel veranstaltet."

„Ja, und?"

„Kann es sein, dass sie ein Interesse daran hat, ein bisschen von dem Ärger abzulenken, den Sie wegen der Jugendschutzgesetze mit der Polizei hat?" In ihrem Klub hatte es immer wieder Fälle betrunkener Jugendlicher gegeben, die eigentlich noch gar keinen Alkohol hätten trinken dürfen.

„Woher wisst ihr denn das schon wieder?", staunte Vennegerts.

Wille und Andy lächelten vielsagend.

„Und jetzt seht ihr da einen Zusammenhang?"

„Warum nicht. Ist doch nicht ganz von der Hand zu weisen", antwortete Andy.

Vennegerts kratzte sich am Kopf. „Hm, aber das ist ja jetzt nicht unbedingt superkriminell."

„Das nicht, aber vielleicht hat sie ja noch mehr Gründe für ihre gute Tat."

„Jungs, ich will euch jetzt mal was sagen. Ich weiß, dass ihr gute Detektive seid, aber ihr solltet euch nicht schon wieder in die Arbeit der Polizei einmischen. In Bezug auf die Bibel seid ihr nur Zeugen. Nicht mehr, aber auch nicht weniger."

„Schon klar", beruhigte ihn Wille, „wir wollten ja nur wissen, was Sie von der Frau halten."

„Ich finde sie nicht besonders sympathisch. Eine ziemlich harte Geschäftsfrau eben. So, jetzt muss ich euch aber wieder hinauskomplimentieren. Der Nordhorner Bürgermeister wartet."

„Okay, dann bis zum nächsten Mal, Herr Vennegerts, wir müssen auch los." Sie standen auf und verließen schweigend das Büro.

Erst als sie wieder draußen vor dem Polizeigebäude standen, meinte Wille: „Ich schätze, mit der von Frau von Pruselitz kriegen wir noch fun."

„Könnte sein", antwortete Andy.

Sie machten sich auf den kürzesten Weg zum Kloster und fuhren am Stadtring entlang, bis sie die Kreuzung an der Neuenhauser Straße erreicht hatten, um dann rechts Richtung Kloster abzubiegen. Wille stöhnte etwas, er glaubte, irgendwie die Strecke abkürzen zu können, aber Andy hatte darauf bestanden, an den Hauptverkehrsstraßen entlangzufahren. Als sie den Supermarkt an der Kistemakerstraße erreicht hatten, wusste Wille auch, weshalb.

„Wir machen jetzt eine kurze Pause", sagte er, „muss eben 'ne Pommes essen."

„Aber hau rein, sonst schaffen wir es nicht mehr rechtzeitig."

„Ist dir eigentlich klar, dass ich heute noch nichts zu mampfen hatte? Ich habe totalen Kohldampf."

Die beiden fuhren auf den Parkplatz und Andy bestellte sich in der Pommesbude seine Kartoffelstäbe mit Mayo. „Und du? Willst nichts?"

Wille schüttelte den Kopf.

„Hör doch auf mit dem Modeln", meinte Andy, als er die Schale mit den dampfenden Pommes vor sich stehen hatte.

„Quatsch, mach ich doch gar nicht. Hab in der Schule schon was gegessen." Weil Wille wusste, dass Andy, wenn er Hunger hatte, besser nicht zur Eile treiben durfte, wartete er geduldig, bis sein Freund aufgegessen hatte.

„Okay, dann weiter, jetzt geht es wieder", meinte Andy und warf die Schale in den Mülleimer.

„Du bist voll der Snackosaurus", grinste Wille.

Dann fuhren sie auf der Neuenhauser Straße weiter stadtauswärts und erreichten gerade rechtzeitig das Kloster. „Und wo finden wir die Gysbers jetzt?", wollte Andy wissen.

„Im Innenhof, sie macht gerade Pause."

Sie öffneten die schwere Pforte des Klosters und betraten den Eingangsbereich. Die Tür der Aula stand weit offen, sodass sie sehen konnten, dass der Saal voll mit Leuten besetzt war, die einem Redner zuhörten. Sie liefen im Kreuzgang geradeaus bis zur Bühne und sahen Klara Gysbers auf einer Bank im Innenhof an dem kleinen Brunnen sitzen.

„Kommt her, es ist gerade so schön hier in der Sonne!", rief sie, als sie Wille und Andy auf der Bühne entdeckte. „Und? Was wollt ihr mit mir besprechen?"

„Wir haben noch ein paar Fragen zu dem Diebstahl der Bibel", antwortete Wille.

„Okay, legt los."

„Es stimmt doch, dass es noch einen zweiten Bibelband gibt, oder?"

Frau Gysbers nickte.

„Aber wo ist der eigentlich?"

„Tja, das ist uns auch ein Rätsel, der ist schon länger verschwunden.

Wir haben das bei der Polizei angezeigt, aber bisher hat sie noch nichts herausgefunden."

Wille und Andy sahen sich an. Warum hatte ihnen Vennegerts nichts davon erzählt? „Das heißt, der stand auch in der Bibliothek? Zusammen mit der anderen?"

„Ja, natürlich, deshalb bin ich ja auch so entsetzt, dass nun der andere auch verschwunden ist. Das kann doch kein Zufall sein."

„Logo", meinte Andy, „kann Frau von Pruselitz was damit zu tun haben?"

„Das glaube ich, ehrlich gesagt, nicht, höchstens bestimmte steuerliche Vorteile, wir haben ihr als Kloster eine Spendenbescheinigung gegeben. Und natürlich die gute Presse. Da konnte sie etwas von den Geschichten mit der Nichtbeachtung des Jugendschutzgesetzes ausgleichen."

„Dass sie sich die Bände zurückgeholt hat, ist auf jeden Fall nicht ganz auszuschließen, oder?", überlegte Wille.

„Wieso?"

„Besonders nett ist sie nicht. Als wir sie kennengelernt haben, wirkte sie krass unsympathisch."

„Aber das kann ja kein Grund für einen Verdacht sein", widersprach Frau Gysbers.

„Das nicht, aber ausschließen würde ich es nicht. Seit wann ist denn der erste Bibelband verschwunden?", wollte Wille wissen.

„Eigentlich seit ziemlich genau zwei Wochen. Wir haben den Diebstahl sofort angezeigt, aber die Polizei wollte, dass wir niemandem davon erzählen."

„Lassen Sie mich raten – aus ermittlungstaktischen Gründen, oder?"

„Genau, aber das ist ja auch verständlich."

„Gibt es denn schon Spuren?", fragte Andy.

„Bis jetzt wohl nicht, jedenfalls hat uns Herr Vennegerts noch nichts erzählt."

Die drei schwiegen einen Moment. Bei Wille begann das Detektiv-Gehirn zu arbeiten.

Schließlich sagte er: „Ich schlage vor, wir reden noch einmal mit deinem Onkel, Andy. Lefti aus seiner Band wollte sich ja genauer über Frau von Pruselitz umhören. Außerdem sollten wir mal mit unserem Lieblingsredakteur ein Wörtchen sprechen."

„Ach, komm, Wille, nicht schon wieder. Der alte Schnüffler mischt sich dann doch wieder viel zu sehr ein." Andy winkte ab. Schon bei dem Ungeheuer-Fall hatte er immer wieder versucht, Wille und Andy hereinzulegen.

„Es bleibt uns nichts anderes übrig, Andy, er hat bestimmt schon was gehört."

„Ich finde auch, dass ihr Herrn Watermann besuchen solltet. Er ist zwar nicht der angenehmste Mensch in Nordhorn, aber er kann euch bestimmt weiterhelfen. So, ich muss jetzt wieder zurück in die Aula, da habe ich gleich einen Vortrag", meinte Frau Gysbers und erhob sich von der Bank. „Wenn ihr noch Unterstützung braucht, ruft mich an."

„Gerne", entgegnete Wille, „aber ich hoffe, auch Sie halten uns auf dem Laufenden."

„Ach so, Frau Gysbers, kann ich vielleicht auch bei der Vorbereitung des nächsten Festes der Kulturen mithelfen?", wollte Andy noch wissen.

„Klar, wir können jede Hilfe gebrauchen", antwortete sie und ging dann über den Bühneneingang zurück in die Aula.

„Dass ich mich mit Watermann noch mal abgeben muss, hätte ich nicht gedacht." Andy schüttelte den Kopf.

„Dann mal los, Alter!"

„Wohin willst du denn jetzt?"

„Na, zu Watermann, dem alten Lauch."

„Moment, hast du schon mal auf dein Handy geguckt? Ist jetzt fast zwei. Ich muss auch mal nach Hause. Willst du mit?"

Andy zögerte einen Moment, aber dann nickte er. Seine Mutter war sowieso nicht zu Hause, sie musste jetzt arbeiten. Und bei Wille gab es sicher noch was zu essen. Frau Willerink, die um diese Zeit in ihrem Supermarkt war, hatte für ihren Sohn vielleicht was vorgekocht. Und da die Portionen immer sehr groß waren und Andy trotz der Pommes immer noch Hunger hatte, würde es auch wohl für zwei reichen. Außerdem konnten sie dann zusammen Hausaufgaben machen und bei Watermann anrufen, um mit ihm das Treffen auszumachen.

Treffen mit Watermann

„Das war mal wieder superlecker." Andy rieb sich den Bauch und lehnte sich zurück. Er liebte Kartoffelbrei mit Frikadellen und für Frau Willerinks Soße könnte er sterben.

„Ja, wenn's dir geschmeckt hat, kannst du auch aufräumen", grinste Wille und schob ihm seinen Teller hin.

„Mann, Alter, manchmal glaube ich, du lädst mich nur zum Essen ein, damit du einen zum Aufräumen hast", seufzte Andy und räumte das Geschirr in die Spülmaschine.

Dann gingen sie auf Willes Zimmer, um beim Grafschafter Boten anzurufen, es meldete sich eine freundliche Frauenstimme. „Grafschafter Bote, Sie sprechen mit Wibke Wolter, was kann ich für Sie tun?"

„Gerwin Willerink hier, ich würde gerne Herrn Watermann sprechen."

„Einen Moment bitte."

Sofort war Watermann am Apparat. „Hallo, Wille, schön, mal wieder was von euch zu hören. Ich schätze, dein Freund Andy hört mit, oder?"

„Worauf Sie sich verlassen können, Herr Watermann, ich traue Ihnen für keine zehn Cent."

„Ich mag dich auch, Andy."

„Wir müssen mit Ihnen sprechen", ging Wille dazwischen, der Watermann zwar auch nicht leiden konnte, aber wusste, dass es sich lohnen würde, auf seine Erfahrungen zurückzugreifen.

„Lasst mich raten, ihr wollt etwas über den Bibeldiebstahl wissen, oder?"

„Stimmt", antwortete Wille.

„Und? Habt ihr auch was für mich? Bei dem Ungeheuer-Fall war unser Geben und Nehmen schließlich für uns alle drei von Vorteil."

„Logo, Herr Watermann, logo. Wir haben natürlich auch schon das eine oder andere herausgefunden. Wann haben Sie Zeit?"

„Am besten noch vor unserer Redaktionskonferenz, sagen wir um 16.30 Uhr? Wie immer bei mir im Büro?"

Andy gab Wille ein Zeichen, den Vorschlag abzulehnen. Schnell sagte er: „Nein, nicht im Büro. Wir treffen uns in Meyers Wäldchen. Muss ja nicht jeder sehen, dass wir wieder einen Fall haben."

Einen Augenblick zögerte Watermann mit der Antwort. „Gut, dann treffen wir uns an der großen Eiche am Kindergarten."

„Alles klar, bis dann." Wille beendete das Gespräch und legte auf.

„Wie spät ist es?", wollte Andy wissen.

„Gleich drei Uhr."

„Okay, dann schaffen wir noch die Hausaufgaben."

„Nein danke, keinen Bock!" Wille schüttelte den Kopf.

„Häh, was ist denn mit dir los? Willst wohl lieber von Annabelle träumen, was?"

„Jetzt lass es doch endlich. Ich mach meine Schulsachen heute Abend nach dem Besuch bei Watermann."

„Warum bist du so eingeschnappt? Ist doch was dran mit Annabelle, oder? Hab' ich sofort gemerkt, schon im Kloster, nach dem Überfall."

Wille spürte, dass er rot im Gesicht wurde, antwortete aber nicht.

„Komm, Alter, kannst du ruhig zugeben."

„Ja, ich finde sie cool."

„Was gefällt dir an ihr?"

„Sie ist irgendwie tough, die traut sich was."

„Und sie sieht super aus", seufzte Andy.

„Ja, aber das ist für mich nicht so wichtig, ich finde sie einfach …" Wille wusste nicht, wie er den Satz beenden sollte.

„Du findest, sie ist eine Bombe?"

„So ungefähr." Wille hatte keine Lust, noch weiter mit Andy darüber zu reden. „Komm, wir spielen noch ein bisschen FIFA", schlug er vor.

Sie wollten gerade anfangen, als Willes Telefon klingelte. Er warf einen Blick auf das Display und bekam sofort ein merkwürdiges Kribbeln im Bauch. „Warte, bin gleich zurück", sagte er zu Andy und ging für das Gespräch nach unten in die Küche. Es war Annabelle.

„Hey, Wille. Wie gehts?"

Wille musste schlucken. Er freute sich riesig über ihren Anruf, wusste aber sofort, dass es ihr um etwas Wichtiges ging. Sie rief nicht einfach so an. „Hey, Annabelle, danke, mir gehts gut. Und dir?" Wille biss sich auf die Lippen. Ein wirklich saublöder Gesprächsanfang. Dümmer hätte es nicht laufen können.

„Geht so. Du, ich wollte mit dir wegen meiner Mutter sprechen."

Wille zuckte zusammen. Hatte sie doch etwas mit dem Diebstahl zu tun?

„Also, es ist so. Meine Mutter hat einen Brief bekommen. Es ist ein hundsgemeiner Erpresserbrief. Die wollen, dass sie die Bibeln für 100.000 Euro zurückkauft, falls nicht, würden sie bei der Polizei die dauerhaften Verstöße gegen das Jugendschutzgesetz anzeigen und dann wäre sie erledigt. Und sie drohen damit, mich entführen zu wollen."
Wille schluckte, es hatte ihm die Sprache verschlagen.
„Wille? Bist du noch dran? Sag doch was!"
„T'schuldige", räusperte er sich, „das musste ich jetzt erst mal verarbeiten. Hat deine Mutter schon die Polizei informiert?"
„Bis jetzt noch nicht, sie weiß nicht, was sie machen soll. Die Erpresser haben geschrieben, dass bei Einschaltung der Polizei ich dran glauben müsste."
„Verdammt, das klingt wirklich schlimm. Sollen wir uns treffen?"
„Ja, am liebsten. Willst du zu uns kommen?"
„Okay, mach ich gerne."
„Aber komm erst mal alleine, ohne Andy, ich muss dir vorher noch etwas anderes sagen."
Beinahe wäre Wille das Handy aus der Hand gefallen. Das war jetzt eindeutig ein Angebot, hatte sie sich auch in ihn verliebt? „J...j...jo, mach ich", stotterte er ein bisschen und war froh, dass sie ihn nicht sehen konnte. Er war sich sicher, mal wieder rot im Gesicht geworden zu sein.
„Toll, ich freu mich. Kannst du morgen um halb vier bei uns sein? Dann ist meine Mutter nicht zu Hause."
Wille nickte, sagte aber nichts.
„Wille? Was ist jetzt?" Annabelles Stimme klang etwas verwundert.
„Ja, ja, entschuldige, klar, ich bin morgen da." Dann legte er auf und ging wieder nach oben zu Andy, der schon auf ihn gewartet hatte. Wille spürte, dass Andy seine Verwirrung sofort bemerkte.
„Was ist los, Alter, alles klar? Du siehst ein bisschen angefixt aus. Wer war denn dran?"
„Annabelle, sie will mich treffen."
„Wann denn und warum?"
Wille zögerte mit der Antwort.
„Aha, sie will ein Date mit dir, stimmt's?"
„Ja, nein, ich weiß nicht."
Andy grinste. „Dann ist ja alles klar. Sie hat dich an der Angel."
„Ach, Quatsch. Sie will mich treffen, weil ihre Mutter einen Erpresserbrief bekommen hat." Wille erzählte ihm die Geschichte.

„Okay, das klingt wirklich nicht gut. Wann gehen wir hin?"

„Na ja, morgen. Sie will aber erst mit mir alleine sprechen", druckste Wille herum.

„Sieh mal einer an. Darum ja, nein, ich weiß nicht. Gehst du halt erst mal ohne mich hin. Wenn ihr eure Sache geklärt habt, komm ich dazu. Schick mir einfach 'ne App."

Wille war erleichtert, dass Andy die Sache entspannt sah. „Okay, geht klar. Komm, jetzt aber noch ein paar Runden FIFA."

Sie setzten sich an den PC und bedienten ihre Controller. Wille durfte wie immer Bayern München sein, aber obwohl Andy SC Paderborn spielte, hatte Wille keine Chance. Seit Andy die Onlinekreismeisterschaft gewonnen hatte und auf Landesebene zugelassen war, gelang Wille kein einziger Sieg mehr. Sein Freund war für ihn unschlagbar geworden.

Kurz vor vier hörten sie auf und machten sich auf den Weg zu Meyers Wäldchen. Sie waren gespannt, ob Watermann etwas Neues für sie hatte. Als sie in die Wilhelm-Raabe-Straße einbogen, kam ihnen Watermann auf der anderen Seite bereits entgegen.

„Hallo Jungs", winkte er fröhlich, „ich war noch eben bei dem kleinen Supermarkt am Ootmarsumer Weg." Er winkte mit einer großen Tüte Tortilla-Chips, seinem Lieblingsessen. Schon während der Sache mit dem Ungeheuer vom Vechtesee hatte er ständig eine Tüte dabei. Wo Watermann war, raschelte und crunchte es, wenn er die Chips aus der Tüte holte und sie sich in den Mund schob.

Sie fuhren an dem Kindergarten Sonnenwald vorbei und stellten am Zaun der Kita ihre Fahrräder ab. Dann gingen sie ein Stück den Weg entlang, bis sie zu der Bank an der Eiche kamen. Sofort riss Watermann seine Tüte auf und schob sich die erste Ladung in den Mund. Das typische Crunchen übertönte fast alle sonstigen Geräusche des Waldes. Kein Vogelzwitschern, kein Knacken von Ästen und schon gar keine summenden Insekten mehr. Und immer, wenn Watermann nachlegte, leckte er sich genüsslich die ölig-salzigen Finger ab.

„Auch welche?"

Andy und Wille lehnten ab. Schon der Geruch der Chips war kaum auszuhalten.

„Also, was wollt ihr wissen?", fragte er genüsslich zwischen zwei Portionen der stinkenden Kartoffelscheiben.

„Können Sie wenigstens mal einen Moment mit dem Chipsfuttern aufhören?", antwortete Andy naserümpfend.

„Schon gut, ist schließlich meine erste Pause seit heute Morgen." Watermann schloss die Tüte und sah die beiden Detektive erwartungsvoll an. „Gut, ihr wollt was über die Bibeln wissen. Was ich bisher herausbekommen habe, ist, dass die beiden Bände aus dem Landkreis herausgeschafft worden sind. Mein Kontaktmann hat mir gesagt, jemand aus Köln oder Düsseldorf steckt möglicherweise hinter dem Diebstahl. Der Typ, der Annabelle von Pruselitz bestohlen hat, soll einen rheinischen Dialekt gesprochen haben."

„Das ist interessant. Dann könnte der auch der Erpresser sein", überlegte Wille.

„Wie Erpresser? Wer erpresst denn hier wen?" Watermann war sofort hellwach.

„Also gut, das ist jetzt unsere Neuigkeit. Annabelles Mutter hat einen Erpresserbrief bekommen und soll 100.000 Euro für die Bibeln bezahlen, sonst würde er dafür sorgen, dass alle erfahren, dass sie in ihrer Disco immer wieder den Jugendschutz missachtet und viel zu junge Leute reinlässt."

„Woher wisst ihr das?"

„Haben Sie uns jemals Ihre Informationsquellen verraten? Für wie blöd halten Sie uns?", schaltete sich Andy ein.

„Ist ja gut. Aber ihr seid sicher, dass da was dran ist?"

„Auf jeden Fall", nickte Wille.

„Okay, dann sind wir im Geschäft. Wenn ihr was erfahrt, informiert ihr mich und umgekehrt. Wäre doch schön, wenn am Ende wieder ein guter Artikel herausspringt."

„Sie hoffen wohl immer noch auf das Angebot einer großen Zeitung, was?", meinte Andy spottend. „Aber da wird nichts draus, es sei denn, Sie gehen zur Knall-Zeitung. Die sprechen ja immer zuerst mit der Leiche."

„Alles klar", beschwichtigte Watermann Wille und Andy. Der Vorteil bestand darin, und Andy nutzte ihn gerne aus, dass immer, wenn der Journalist mal wieder versuchte, sie übers Ohr zu hauen, er ihn kurz an den Ungeheuerfall erinnern musste und sofort zugänglicher wurde.

„Super, Herr Watermann, dann gilt unser Deal." Andy erhob sich von der Bank und signalisierte Watermann, dass die Besprechung beendet war.

Sie gingen zurück zu ihren Rädern und fuhren in verschiedene Richtungen davon. Wille und Andy wollten zu Andy nach Hause. Als sie vor dem Eingang des Kanalhochhauses standen, wartete bereits jemand auf sie. Ole, Patrick und Lars saßen vor dem gläsernen Windfang und begrüßten Andy und Wille mit einem coolen Handshake.

„Wie gehts, wie stehts?", grinste Ole.

„Das wollt ihr nicht wirklich wissen, oder?", entgegnete Andy.

„Okay, aber wir wollten noch mal fragen, ob ihr jetzt beide bei der nächsten Fridays for Future-Demo mitmacht."

Wille staunte. „Ihr seid aber hartnäckig. Haben wir doch kürzlich erst drüber gequatscht."

„Ich weiß, aber es ist doch eine Sauerei, wie wenig die Politik für das Klima tut."

„Okay, aber hast tu etwas anderes erwartet?", meinte Andy.

„Nein, natürlich nicht, deshalb sind wir ja dabei. Was ist jetzt mit euch?"

„Wer macht sonst noch mit?", wollte Wille wissen.

„Ein paar Mädels aus der 9b, Viola, Joke, Annabelle und Zoe."

„Annabelle auch?", staunte Wille.

„Ja, wieso?"

Wille zuckte mit den Schultern. „Ach, nur so." Er wusste genau, dass Andy sich natürlich seinen Teil denken würde. Wenigstens grinste er jetzt nicht. „Wann ist noch mal das erste Treffen?"

„Morgen Abend im Jugendzentrum."
Wille sah Andy fragend an. „Wir kommen", nickte der bestätigend.
„Super, dann bis morgen", meinten die drei und stiegen auf ihre Räder.

Andy und Wille fuhren mit dem Aufzug zur Wohnung hinauf. Als sie oben ankamen, bemerkte Andy sofort, dass die Wohnungstür offenstand. „Warte", flüsterte er seinem Freund zu, „ich gehe vor." Er wusste genau, dass hier etwas nicht stimmte. Erstens war seine Mutter eigentlich arbeiten und zweitens, wenn sie aus irgendwelchen Gründen jetzt doch zu Hause wäre, würde sie niemals die Wohnungstür einfach offenstehen lassen.

Seit der Sache mit seinem Vater und der endlich erfolgten Scheidung zwischen seinen Eltern hatte sich sein Vater zwar nie wieder sehen lassen, aber doch häufiger angerufen. Als die beiden mit dem Ungeheuer-Fall beschäftigt waren, hatte er vor der Wohnung betrunken randaliert und war dann von der Polizei abgeführt worden. Ein Gericht hatte ihn anschließend zu drei Monaten Haft verurteilt. Außerdem bekam er die Auflage, eine Alkoholtherapie zu machen, und es wurde ein Kontaktverbot zu Andy und seiner Mutter ausgesprochen. An das Kontaktverbot hielt sich Andys Vater jedoch nicht. Seine Mutter hatte zwar jeden Anruf ihres Ex-Mannes bei der Polizei angezeigt, aber das hatte nichts gebracht. Die Beamten konnten seine Nummer nicht zurückverfolgen und auch seinen derzeitigen Aufenthaltsort nicht ermitteln.

Ob er also jetzt in der Wohnung war? Andy näherte sich vorsichtig der Tür und schlich sich so leise wie möglich in den Flur. Wille folgte ihm. Aber im Flur war niemand zu sehen. Mit großer Anspannung öffnete Andy die Wohnzimmertür, die ebenfalls nur angelehnt war.

Niemand.

Aber es war alles durcheinander. Da hatte jemand etwas gesucht und totales Chaos angerichtet. Alle Schubladen waren aufgerissen und durchwühlt worden, der Inhalt wahllos auf dem Boden zerstreut. Auch die Schränke standen offen, Gläser und Bücher waren achtlos herausgerissen worden, auf den Büchern hatte der Dieb wahrscheinlich herumgetrampelt. Während Wille die Angst in sich hochkriechen spürte, wurde Andy von maßloser Wut gepackt. Ihn hielt jetzt nichts mehr. Er riss die Tür nun vollends auf.

„Papa", schrie er, „was hast du hier wieder angerichtet!? Wo steckst du, verdammt noch mal?"

Überall war das gleiche Chaos. Aufgerissene Schranktüren, Kleidung,

Dokumente, Geschirr, alles lag auf dem Boden verstreut. Sein Vater war nicht da, hatte aber auf der Suche nach Geld oder anderen Wertgegenständen ganze Arbeit geleistet. Wutschnaubend ließ sich Andy in seinem Zimmer auf sein Bett fallen und begann zu schluchzen. Wille setzte sich zu ihm. So hatte er seinen Freund schon lange nicht mehr gesehen. Tröstend rieb er ihm über den Rücken.

„Wenn das dein Vater war, werden sie ihn schnappen, da bin ich ganz sicher", murmelte er.

Andy setzte sich nach einer Weile wieder auf und wischte sich durch die rot geweinten Augen. „Natürlich war das mein Alter, wer sonst?"

Wille zuckte mit den Schultern. „Keine Ahnung, auf jeden Fall müssen wir die Polizei rufen, die müssen das alles hier aufnehmen."

Andy nickte. „Machst du das? Ich muss mit meiner Mutter sprechen, die kriegt einen Nervenzusammenbruch, wenn sie das hier sieht."

Die Polizei und Andys Mutter trafen fast gleichzeitig in der Wohnung an der Kanalstraße ein.

„Andy, was ist passiert? Bist du in Ordnung?!", rief sie, nahm ihn in dem Arm und sah sich mit entsetzten Augen im Wohnzimmer um. Kopfschüttelnd starrte sie auf das Chaos, während sie Andy an sich drückte.

„Mama, ist ja schon gut jetzt!" Er wehrte sich gegen die heftige Umarmung und versuchte, ihr zu entkommen. „Mann, ich kriege ja fast keine Luft mehr", stöhnte er, als er sich befreit hatte.

„Hast du uns angerufen?", wollte einer der beiden Polizeibeamten wissen.

„Nein, mein Freund. Ich habe meine Mutter angerufen." Dabei zeigte er auf Wille.

„Gut, ich bitte Sie, hier auf keinen Fall etwas anzufassen. Wir lassen jetzt die Spurensicherung kommen. Haben Sie einen Verdacht, wer das gewesen sein könnte, Frau Feldmann?"

„Ich kann mir nur einen vorstellen, meinen Ex-Mann."

„Wie lange sind Sie geschieden?"

„Etwas über ein Jahr."

„Was könnte er hier gesucht haben?"

„Na, Geld und Wertsachen. Er war im Gefängnis und ist Alkoholiker. Er sollte eine Therapie machen, aber ob er das wirklich getan hat, weiß ich nicht. Er ist jedenfalls nach seiner Entlassung eine Weile untergetaucht. Dann fingen die Anrufe an."

„Welche Anrufe?"

„Von meinem Alten, er wollte Geld. Das haben wir bei der Polizei alles angegeben, aber damals ist nichts passiert – und jetzt haben wir den Salat", schrie Andy.

„Okay, junger Mann, das können wir ja nicht wissen. Wir sind direkt hierhergeschickt worden."

„Er hat es nicht so gemeint", schaltete sich Wille ein, „wir sind befreundet mit Hauptkommissar Vennegerts. Wird er sich um die Sache kümmern?"

Der Beamte nickte erstaunt. „Ja, das wird er wohl."

„Ach, ich glaube, dann weiß ich, wer ihr seid", meinte der andere jetzt. „Ihr habt den Ungeheuer-Fall gelöst."

Wille nickte. „Stimmt, und wir waren auch dabei, als die Bibel im Kloster gestohlen worden ist."

„Verstehe, dann seid ihr ja richtige Detektive."

„Zumindest waren wir an dem einen oder anderen Fall beteiligt."

Es klingelte.

„Das werden wohl die Kollegen von der Spusi sein, können Sie mal die Tür öffnen?"

Sie waren wirklich gekleidet wie die Spusi-Mitarbeiter in den Fernsehkrimis und trugen weiße Ganzkörperanzüge mit Kapuzen. Es waren zwei Männer und eine Frau. Alle drei hatten einen großen, schwarzen Koffer dabei, den sie vorsichtig im Wohnzimmer auf dem Boden abstellten. Sie waren aber nicht allein, denn ihnen auf den Fersen folgte Ludger Vennegerts, der Leiter der Kripo in Nordhorn.

„Guten Tag, Frau Feldmann. Es tut mir wirklich sehr leid, was hier passiert ist." Schnell ließ er seinen geschulten Blick kreisen, um zu erfassen, was passiert war. „Die Kollegen von der Spurensicherung werden jetzt alles untersuchen. Hatten Sie schon Zeit, die Räume in Augenschein zu nehmen? Manchmal fällt einem ja auf den ersten Blick auf, ob was Wichtiges fehlt."

„Bis jetzt nicht, ich bin kurz vor Ihnen nach Hause gekommen. Mein Sohn hat mich auf der Arbeit angerufen."

„Verstehe. Sie müssen sich aber jetzt noch gedulden mit der Kontrolle, bis die Kollegen von der Spurensicherung alles untersucht haben. Haben Sie denn jemanden in Verdacht?"

Frau Feldmann zuckte mit den Schultern und sah Andy an.

„Klar haben wir jemanden in Verdacht", antwortete er anstelle seiner Mutter, „natürlich meinen Alten. Wir haben doch schon gemeldet, dass er immer wieder angerufen hat." Andy sah Vennegerts böse an.

„Ja, ich weiß. Wir sind dem auch nachgegangen, aber seinen Aufenthaltsort haben wir bis jetzt nicht ermitteln können. Sollten also Wertsachen und Geld fehlen, können wir ihn zur Fahndung ausschreiben."

„Na toll!" Andy schüttelte den Kopf. „Drohanrufe reichen also nicht. Hätten Sie ihn schon eher zur Fahndung ausgeschrieben, wäre das hier gar nicht passiert."

„Haben Sie denn Geld oder Wertsachen in der Wohnung aufbewahrt?", wollte Vennegerts von Frau Feldmann wissen.

Sie nickte. „Ja, in der Küche, in einer Kaffeedose verstecke ich immer unser Haushaltsgeld."

„Wie viel?"

„Hundert Euro waren drin."

„Und jetzt? Sind die noch da?"

„Darf ich schon gucken, wegen der Spusi?"

Vennegerts nickte. „Wir gehen in die Küche. Zeigen Sie mir die Dose."

Sie kamen mit der Kaffeedose ins Wohnzimmer zurück, Frau Feldmann öffnete sie.

„Und?"

„Noch da", antwortete sie.

„Wie sieht es sonst mit Wertsachen aus?"

„Mein Schmuck. Ich habe ein bisschen Goldschmuck in meinem Schlafzimmer im Nachtschränkchen in der untersten Schublade."

„Gut, sehen wir nach." Vennegerts folgte Frau Feldmann in ihr Schlafzimmer, aber auch der Schmuck war nicht verschwunden. „Was könnte Ihr Ex-Mann sonst noch gesucht haben, wenn er wirklich hier in der Wohnung war?"

„Keine Ahnung."

„Na gut. Dann müssen wir jetzt die genaueren Ergebnisse der Spusi abwarten."

„Herr Vennegerts, was ist denn, wenn es Andys Vater gar nicht war, sondern jemand, der irgendetwas suchte wegen der gestohlenen Bibeln?", meinte Wille.

Vennegerts zog die Augenbrauen hoch. „Wie kommst du denn darauf?"

„Weil in Andys Zimmer das Chaos besonders groß ist. Es sieht aus, als hätte der Einbrecher vor allem da gesucht. Und …", Wille machte eine Kunstpause, „Andys Laptop ist verschwunden."

„Was?" Andy fuhr hoch. „Das habe ich noch gar nicht gesehen!"

Sofort lief er in sein Zimmer, um sich davon zu überzeugen. Vennegerts konnte ihn nicht davon abhalten. „Stimmt", meinte Andy frustriert, „der ist weg."

„Ist er passwortgeschützt?", wollte Vennegerts wissen.

„Natürlich, was denken Sie denn", antwortete Andy beinahe beleidigt.

„Entschuldige, Andy, das ist einfach eine typische Polizistenfrage. Kannst du dir vorstellen, was für jemandem auf deinem Laptop interessant sein könnte?"

Andy schaute Wille fragend an. Sein Freund nickte. „Eventuell die Zusammenfassung unserer bisherigen Rechercheergebnisse wegen der gestohlenen Bibel."

Vennegerts zog seine Augenbrauen hoch. „Was für Rechercheergebnisse? Ihr solltet euch doch daraus halten!"

Wille lächelte etwas verlegen. „Haben wir ja eigentlich auch. Aber ein bisschen herumgefragt haben wir trotzdem."

„Und?"

Dann begannen Andy und er von den Gesprächen mit Onkel Werners Bandmitgliedern, Frau Gysbers und Annabelle zu erzählen. Nur die Drohanrufe bei Annabelles Mutter und auch das Treffen mit Watermann verschwiegen sie.

„Hm. Weiß sonst noch jemand von euren Recherchen?"

„Nein, nur die, die wir auch befragt haben", antwortete Wille.

„Okay, es kann also auch sein, dass dein Vater gar nichts mit dem Einbruch zu tun hat", überlegte Vennegerts. „Wenn ich mehr weiß, melde ich mich wieder bei euch. Aber tut mir einen Gefallen: Haltet euch wirklich zurück. Mit Leuten, die in Wohnungen einbrechen und dabei so rücksichtslos vorgehen, ist für gewöhnlich nicht zu spaßen."

„Mit uns auch nicht, jetzt erst recht nicht", knurrte Andy.

„Ich kann verstehen, dass du sauer bist, Andy, aber ich sage noch mal, halte dich zurück."

Weil die Spusi inzwischen mit ihrer Arbeit fertig war, verabschiedete sich Vennegerts und versprach Frau Feldmann, sich sofort mit einem Handwerker in Verbindung zu setzen, der sich um die aufgebrochene Wohnungstür kümmern sollte.

Als sie wieder allein waren, begannen Wille, Andy und seine Mutter mit dem Aufräumen. „Wisst ihr was", meinte sie schließlich, nachdem die Wohnung wieder einigermaßen hergerichtet war, „heute Nacht möchte ich nicht hier schlafen, wir gehen zu Onkel Werner."

„Okay, Mama, kann ich verstehen. Ich will aber vorher noch mit zu Wille. Ich komme dann nach."

„Aber spätestens um 8 bist du zurück, hörst du, sonst mach ich mir zu viel Sorgen. Schlafanzug und so etwas nehme ich schon für dich mit."

„Geht klar, dann bis nachher!" Andy schulterte seinen Rucksack mit den Schulsachen für den nächsten Tag, dann machten die beiden Freunde sich auf den Weg zur Klarastraße.

Wer hat bei Andy eingebrochen?

Willes Eltern saßen in der Küche, als die Jungs das Haus betraten.

„Guten Abend ihr zwei!", begrüßte Herr Willerink sie fröhlich. „Ihr kommt genau richtig zum Abendessen."

„Hi, Papa, hi, Mama, danke, keinen Hunger. Wir müssen noch zu mir rauf, um etwas wegen der Schule zu klären."

Willes Eltern sahen sich an. Wenn ihr Sohn keinen Hunger hatte, dann gab es ein ernstes Problem. Aber sie wussten auch, dass es keinen Sinn machte, ihn jetzt danach zu fragen. Sie mussten warten, bis er es ihnen freiwillig erzählte.

Andy war das etwas unangenehm, aber auch ihm war jetzt nicht nach Abendessen. Er murmelte einen kurzen Gruß und folgte Wille in sein Zimmer. Dort warf er seinen Rucksack auf den Boden und ließ sich auf einen Sessel fallen. Ein ziemlich alter Ledersessel, dem man die Jahre, die er auf dem Buckel hatte, ansehen konnte. Wille hatte ihn mal beim Sperrmüll entdeckt und sich sofort in ihn verliebt. Er stellte sich vor, dass der alte Sessel ihm sehr viele Geschichten über seine Vorbesitzer und vergangene Zeiten würde erzählen können, und wollte ihn unbedingt vor der Müllpresse bewahren. Zwar musste er vor allem bei seiner Mutter erst Überzeugungsarbeit leisten, aber schließlich hatte sie zugestimmt. Zusammen mit seinem Vater hatte er den Sessel von der Straße in sein Zimmer geschleppt. Andy legte ein Bein über die Lehne und sah Wille erwartungsvoll an.

„Also, jetzt mal raus mit der Sprache, dir ist doch bei uns mehr aufgefallen, als du Vennegerts erzählt hast, oder?"

Wille nickte. „Ja, ich bin sicher, dass nicht dein Vater bei euch in die Wohnung eingebrochen ist."

„Okay, aber darüber haben wir ja schon gesprochen."

„Klar, aber ich bin jetzt sicher. Guck mal, was ich hier habe." Er griff in seine Hosentasche, holte ein kleines, rotes Plättchen heraus und streckte es Andy entgegen.

„Was ist das?" Er nahm es in die Hand und betrachtete es von allen Seiten.

„Das ist ein Plektron zum Gitarrespielen. Damit erreicht man einen lauteren Klang. Da du kein Instrument spielst, muss es bei euch in der Wohnung jemand verloren haben."

„Wo hast du das denn gefunden?"

„Unter deinem Schreibtisch in deinem Zimmer."

„Dann könnte es Onkel Werner gehören."

„Glaube ich nicht, der spielt doch gar nicht Gitarre, nur Mundharmonika."

Andy kratzte sich am Kopf. „Meinst du irgendeiner aus seiner Band?"

„Keine Ahnung, aber auf jeden Fall kann man es nicht ausschließen. Kannst du dich erinnern, dass einer der beiden Gitarristen ..."

„... du meinst Lefti?"

„... ziemlich viel über die Bibelgeschichte wusste?"

„Und das soll ihn verdächtig machen?" Andy winkte ärgerlich ab.

„Das nicht, aber auffällig ist es auf jeden Fall. Kannst du deinen Onkel nachher nicht fragen, ob Lefti ein rotes Plektron hat?"

„Kann ich machen. Nur ... was wollte er bei mir? Der wusste doch gar nicht, dass ich unsere bisherigen Rechercheergebnisse auf meinem Laptop zusammengefasst habe."

„Das nicht, aber angenommen, er hat gedacht: Mal sehen, was ich bei dem finde. Dann ist ein Laptop sicher nicht uninteressant. Also frag deinen Onkel einfach."

„Nehmen wir mal an, der steckt wirklich dahinter, dann haben wir aber jetzt ein Problem. Es ist vermutlich nur eine Frage der Zeit, wann er es bei dir versucht."

„Bei mir wird er nichts finden. Ich habe nichts gespeichert."

„Wie gesagt, meinen Laptop wird er auch nicht knacken. Das Passwort ist bombensicher", meinte Andy. „Ich muss jetzt fahren, sonst regt sich meine Ma wieder auf. Bin gespannt, was dir Annabelle morgen erzählen wird." Er griff nach seinem Rucksack und stand auf.

Wille war das unangenehm, schließlich wollte er Andy von dem Gespräch nicht ausschließen, aber was sollte er machen? Dass sie erst mal allein mit ihm sprechen wollte, war auf der anderen Seite auch eine Supersache. Wenn er an morgen dachte, kribbelte es angenehm in seinem Bauch, ein cooles Gefühl, wie er fand. Er ging mit Andy nach unten.

„Also dann bis morgen. Sobald ich von Annabelle mehr weiß, schreibe ich dir."

„Schon gut, Alter, jetzt brech' dir keinen ab", grinste Andy und schwang sich auf sein Rad.

Wille ging zu seinen Eltern in die Küche, die noch immer beim Abendessen waren.

„So, mein Sohn, hast du jetzt doch Hunger?"

Wille nickte und setzte sich an den Tisch, während sein Vater ihm das Abendessen servierte. „Guten Appetit."

„Vielen Dank", murmelte Wille und begann, in Windeseile zu essen.

„Nun schling doch nicht so", mahnte seine Mutter mit Sorgenfalten auf der Stirn und schob ihm die Salatschüssel zu.

Wann immer Wille konnte, versuchte er, der Forderung seiner Mutter, Salat zu essen, aus dem Wege zu gehen. Aber jetzt griff er lieber zu, denn er wusste genau, dass sie ihn gleich fragen würde, was mit ihm los sei.

Und kaum hatte er seinen Teller leer, war es auch schon so weit. „So, mein Sohn, dann mal raus mit der Sprache, irgendetwas ist doch mit dir los!"

Wille wusste, dass er mit seinen Eltern alles bereden konnte, aber dennoch mussten sie seiner Meinung nach nicht alles wissen. Vor allem bei seinen Detektivtätigkeiten war er lieber nicht so auskunftsfreudig, damit seine Eltern sich nicht zu viele Sorgen machten. Also entschied er sich, von Annabelle zu erzählen, und dass sie ihn morgen zu sich nach Hause eingeladen hatte.

„Das hört sich doch gut an. Findest du sie nett?", wollte Frau Willerink wissen.

„Ja, klar, aber sie macht mich ziemlich nervös. Ich bin immer ganz durcheinander, wenn sie anruft oder wir uns sehen." Wille spürte, dass er wieder rot im Gesicht wurde.

Sein Vater lächelte. „Das ist doch ein gutes Zeichen, ich würde sagen, du bist verliebt."

„Ja, stimmt wahrscheinlich", murmelte Wille, „ich wusste nur nicht, wie einen das umhaut, ich muss dauernd an sie denken."

„Ja", meinte Willes Vater, „so ging es mir bei Mama damals auch."

„Was? Davon habe ich wenig gemerkt. Du kamst mir immer obercool und irgendwie einsam vor."

„Einsam? Wie kommst du denn darauf? Das hast du mir noch nie erzählt."

„Na ja, deshalb warst du ja auch so interessant für mich."

„Weißt du eigentlich noch, wann wir uns das erste Mal geküsst haben?", wollte Herr Willerink wissen und hatte plötzlich einen ganz verliebten Blick.

„Was denkst du denn?", antwortete Frau Willerink. „Auf dem Schützenfest in Brandlecht."

„Okay, das muss ich jetzt nicht alles wissen, oder?" Wille erhob sich vom Tisch und räumte seinen Teller in die Spülmaschine."

„Entschuldige, Junge, aber man denkt dann einfach sofort an seine eigene Geschichte." Frau Willerink zog ihren Sohn zu sich heran und strich ihm mit ihrer Hand durch die wie immer wuscheligen roten Haare. „Ich finde, du kannst dich sehen lassen. Dieses Mädchen kann sich glücklich schätzen, dich kennengelernt zu haben, also mach dich nicht kleiner, als du bist."

„Alles klar, Mama, danke für deinen Tipp. Mal sehen, ob ich das hinkriege. Ich gehe jetzt nach oben, muss noch Hausaufgaben machen." Wille war etwas genervt, denn die Geschichte über den ersten Kuss zwischen seinen Eltern hatte er gefühlt schon tausendmal gehört. Aber trotzdem hatte seine Entscheidung, von Annabelle zu erzählen, ihren Zweck erfüllt, denn von dem Fall mit der gestohlenen Bibel wollten sie nichts mehr wissen.

Besuch beim Schulleiter

Am nächsten Morgen in der Schule war Wille nicht besonders gut bei der Sache. In den ersten Stunden hatten sie mal wieder Mathe. Herr Diepmann merkte wie fast immer, dass Wille mit seinen Gedanken woanders war. Nach dem Pausenklingeln, und auch das war typisch für Herrn Diepmann, sprach er Wille an. „Na, Junge, schon wieder bei einem wichtigen Fall? Oder warum warst du heute so abwesend?"

„Nein, nein", antwortete Wille schnell, „ich habe heute Nacht einfach nicht gut geschlafen."

Als erfahrener Lehrer spürte Herr Diepmann sofort, dass Wille nicht weiter darüber reden wollte, und wünschte ihm deshalb einfach eine erholsame Pause.

Wille ging zur Cafeteria, um sich dort ein Brötchen zu kaufen. Als er an der Reihe war, merkte er zuerst gar nicht, dass die Bedienung seine Bestellung wissen wollte. Die hinter ihm in der Schlange stehenden Schülerinnen und Schüler wurden schon ungeduldig.

„Mann, Wille, du bist dran. Jetzt sag endlich, was du haben willst!" Es war Ole, der ebenfalls etwas kaufen wollte und ihn unsanft aus seinen Träumen riss.

„Ach so", murmelte Wille, „sorry, ein Brötchen mit Käse bitte."

„Noch nicht ausgeschlafen, junger Mann?", lächelte die Bedienung und reichte ihm das Brötchen in einer Serviette.

Als Wille bezahlt hatte, ging er zurück auf den Schulhof, um sich draußen auf eine Bank zu setzen.

Ole war ihm gefolgt und setzte sich neben ihn. „Hey Alter, was ist los mit dir? Bist irgendwie nicht von dieser Welt, oder?" Wille zog die Schultern hoch und antwortete nicht. „Ich wollte dich noch mal auf die Vorbereitung der FFF-Demo ansprechen. Bisher ist der Plan, dass wir uns ab 13.00 Uhr am übernächsten Freitag auf dem Marktplatz treffen. Das heißt also, dass wir dann in den Schulstreik gehen. Aber es gibt viele, die sich nicht trauen. Hilfst du uns? Wir müssen durch die Klassen gehen und erklären, warum das wichtig ist."

„Klar, mache ich, wann denn?"

„Am besten ab sofort, denn es gibt einige Pauker, die motzen schon herum deswegen."

„Wahrscheinlich vor allem Leininger, oder?"

Ole nickte. „Das ist voll der Hetzer. Er fragt in allen Klassen, in denen er unterrichtet, ob sie am Freitag die Schule schwänzen. Und wenn ja, droht er ihnen mit einer 6 oder 0 Punkten für unentschuldigtes Fehlen. Außerdem will er am Freitag einen Test schreiben lassen."

Wille schüttelte den Kopf. „Das ist echt ein mieser Typ. Wir sollten mit dem Schulleiter reden, vielleicht kann man mit ihm einen Deal aushandeln", schlug er vor.

„Gute Idee, ich habe jetzt eine Freistunde, ich frage ihn, ob er in der nächsten Pause Zeit hat, dann gehen wir zu ihm, okay?"

„Nö, tut mir leid, ich kann nicht. Muss nach der vierten Stunde nach Hause."

„Mist, das ist blöd. Dann muss Annabelle die Verhandlungen führen."

Wille horchte auf. „Ist sie auch dabei?"

„Klar, eigentlich war sie sogar die Initiatorin. Sie hat alle anderen angesprochen."

„Ach so, das wusste ich gar nicht. Kann sie denn mitgehen zum Direx?"

„Keine Ahnung, aber ich schreibe ihr." Ole griff zu seinem Handy.

Schon kurze Zeit später kam die Antwort.

Ja, bin dabei. Gute Idee von dir, Ole.

„Ist sie schon in der Schule? Ich habe sie heute Morgen noch gar nicht gesehen."

„Sie kommt erst zur vierten Stunde", antwortete Ole, dann stand er auf, um im Sekretariat nach einem Termin beim Schulleiter zu fragen.

Wille wusste nicht, was er tun sollte. Mitgehen oder lieber nach Hause fahren, um sich auf das Nachmittagstreffen mit Annabelle vorzubereiten. Er hatte zwar Ole schon gesagt, er hätte keine Zeit, doch da ließ sich schnell eine Erklärung finden, warum er plötzlich doch dabei sein konnte. Andererseits wäre er wieder total aufgeregt, wenn er Annabelle sehen würde. Und das mussten die anderen ja nicht unbedingt mitbekommen. Der Einzige, der bislang von seinem Verliebtsein wusste, war Andy.

Es klingelte, die Pause war zu Ende.

Langsam machte sich Wille auf den Weg in die Klasse, sie hatten jetzt Deutsch. Allemal besser als Mathe, nur die Lehrerin, Frau Jansen, war nicht wirklich sein Fall. Sie war anstrengend, eine von den Lehrerinnen, die davon ausgingen, dass es nur ein wichtiges Fach in der Schule gab, eben Deutsch. Trotzdem fand er das Thema, an dem sie gerade arbeiteten, spannend. Es ging um Jurek Becker und sein Buch *Jakob der Lügner*. Jurek Becker war ein Schriftsteller, der in der früheren DDR gelebt hatte und als Kind mit seiner Mutter in verschiedenen Konzentrationslagern der Nazis war. Das Buch spielt während der Nazi-Herrschaft in einem erfundenen Getto in Polen. Die Hauptperson ist der Jude Jakob Heym, ein Jugendlicher, der den Menschen im Getto Hoffnung und Lebenswillen einflößt, indem er Nachrichten über das Vorrücken der Roten Armee kurz vor dem Ende des Zweiten Weltkrieges erfindet. Das hat er zufällig aus einem Radio erfahren. Und weil die anderen Mitbewohner im Getto immer neue Nachrichten hören wollen, behauptet er, selbst im Besitz dieses Radios zu sein, und erfindet jeden Tag weitere. Am Ende halten seine Lügen der grausamen Wirklichkeit nicht stand, denn die Nazis deportieren alle Insassen des Gettos in ein Konzentrationslager und töten sie.

Wille fand die Geschichte unglaublich beeindruckend und hat sie fast in einem Rutsch ausgelesen. Das war ihm bei Büchern, die sie für den Deutschunterricht lesen mussten, noch nie passiert. Und wenn er darüber nachdachte, woran das lag, fiel ihm vor allem ein, wie sehr ihm die Kraft der Fantasie gefallen hatte, die den Menschen in dem Getto so lange Hoffnung gab. Jetzt sollten sie die Charaktere in dem Buch analysieren, das ging ihm auf die Nerven, denn es machte die Wirkung, die das Buch auf ihn hatte, fast wieder kaputt.

Frau Jansen ließ nicht lange auf sich warten. Vermutlich verließ sie schon vor dem Pausenklingeln das Lehrerzimmer, um möglichst wenig Unterrichtszeit zu verlieren. Sie betrat fast gleichzeitig mit den letzten Schülern den Klassenraum.

„So, meine Damen und Herren, es wird Zeit. Bitte beim nächsten Mal schon eher losgehen, es dauert mir einfach zu lange, bis Sie arbeitsfähig sind. Wenn ich den Klassenraum betrete, will ich, dass Sie vorbereitet sind und Ihre Materialien auf dem Tisch liegen! Haben wir uns da verstanden?"

Weil keine Antwort kam, wiederholte sie den letzten Satz lauter und legte eine Hand an ihr Ohr: „Haben wir uns da verstanden?"

Erst dann ließ die Klasse ein murmelndes: „Ja, Frau Jansen!", hören.

„Gut, dann wollen wir uns mal wieder dem Buch von Jurek Becker zuwenden. Ihre Aufgabe für heute war es, sich genauer mit der Biografie des Schriftstellers zu befassen. Also, was haben Sie herausgefunden? Ich bitte um Vortrag."

Wille hatte zwar einiges über Becker recherchiert, doch als er sah, dass einige von den Mädchen sich sofort gemeldet hatten, hielt er sich zurück. Er wusste genau, dass jetzt nicht mehr die Gefahr drohte, von Frau Jansen aufgerufen zu werden. Die Mädchen gehörten zu ihren Lieblingsschülerinnen, mit denen konnte sich die Deutschlehrerin die ganze Stunde unterhalten, ohne andere in der Klasse überhaupt zu beachten. Eigentlich war Wille deswegen oft genervt, aber heute passte es ihm gut. Da konnte er sich wenigsten auf das Treffen mit Annabelle gleich beim Direx gedanklich schon mal einstellen. Er wollte ja nicht nur einfach mitgehen, sondern auch was Vernünftiges sagen. Ihm war wichtig, auf Annabelle einen guten Eindruck zu machen. Weil er so intensiv darüber nachdachte, war er völlig überrascht, als die Schulglocke klingelte.

„So, meine Damen und Herren, damit sind wir schon wieder am Ende der Stunde. Vielen Dank für die Mitarbeit. Bis zum nächsten Mal erarbeiten Sie bitte eine erste Charakterisierung der Hauptfigur Jakob Heym. Länge bitte zwei bis drei handgeschriebene Seiten. Ich werde bei allen kontrollieren, ob die Hausaufgabe auch erledigt wurde. Bis zur nächsten Woche." Frau Jansen packte ihre Tasche und stolzierte kerzengerade und mit hoch erhobenem Kopf zur Tür. Sie wartete, bis alle Schülerinnen und Schüler den Raum verlassen hatten, und schloss ab.

Wille machte sich auf den Weg zum Büro des Schulleiters Herrn Bentlage. Schon von Weitem sah er, dass Annabelle, ihre Freundin Sarah sowie Ole und Lars auf ihn warteten.

Ist Herr Bentlage mit der Demo einverstanden?

Je mehr sich Wille der Gruppe näherte, desto zögernder wurden seine Schritte. Noch sahen sie ihn nicht, weil sie wahrscheinlich intensiv über eine Strategie für das Gespräch mit dem Schulleiter diskutierten. Einen Augenblick überlegte Wille, einfach unbemerkt wieder zu verschwinden. Schließlich hatte er Ole ja schon gesagt, dass er keine Zeit hätte. Aber gerade als er kehrtmachen wollte, hatte Annabelle ihn bemerkt. Sie winkte ihm zu, jetzt war es zu spät. Schüchtern winkte er zurück, beschleunigte seine Schritte, bis er die vier erreicht hatte.

„Hey, Wille, das ist ja toll, dass du doch gekommen bist", begrüßte ihn Annabelle, „Ole meinte, du hättest keine Zeit."

Wille stotterte irgendwas von: „Hat jetzt doch geklappt", und hatte das Gefühl, schon wieder knallrot im Gesicht zu werden. Aber da ihn niemand komisch ansah, beruhigte er sich schnell wieder.

„Super, Wille, dass du dabei bist", meinte Ole, „ist besser, wenn wir zu fünft sind. Wir haben überlegt, den Bentlage davon zu überzeugen, dass es um unsere Zukunft geht und der Ausfall von ein paar Schulstunden im Vergleich völlig unwichtig ist."

„Und er muss den Leininger zurückpfeifen", ergänzte Annabelle, „was der macht, geht gar nicht."

Wille nickte.

Dann klopfte Annabelle an der Tür und sie betraten das Vorzimmer von Direktor Bentlage. „Ah, da seid ihr ja." Die Schulsekretärin Frau Fuchs begrüßte die Gruppe freundlich und ließ sie in das Büro des Schulleiters.

Bentlage saß hinter seinem Schreibtisch, stand auf und kam der Fridays for Future-Gruppe entgegen. „Ich schlage vor, wir setzen uns hier an den Tisch." Dabei wies er mit der Hand auf den großen Besprechungstisch, an dem er sonst vermutlich Gespräche mit seinen Lehrkräften oder Eltern führte. „Gut, dann erzählt mal, was genau habt ihr auf dem Herzen?"

„Also, es ist so, dass wir die Gruppe sind, die an dem Aktionstag für das Klima hier in Nordhorn die Kundgebung und die anschließende

Demo vorbereitet", begann Annabelle. „Uns geht es darum, auch die Grafschafter Kinder und Jugendlichen auf das Thema aufmerksam zu machen. Es kann doch nicht sein, dass auf der ganzen Welt Leute für das Klima demonstrieren und wir hier so tun, als ginge uns das gar nichts an. Deshalb haben wir uns der Initiative angeschlossen."

„Gut", nickte Herr Bentlage, „das kann ich verstehen, ehrlich gesagt, bin ich sogar froh über euer Engagement. Auch ich glaube, dass wir von einem menschengemachten Klimawandel ausgehen müssen, alle wissenschaftlichen Fakten sprechen ja eindeutig dafür."

„Genau", mischte sich jetzt Lars ein, „endlich sagt es mal ein Erwachsener. Wenn man sich die Kommentare auf der Onlineseite vom Grafschafter Boten ansieht, hat man das Gefühl, wir Jugendlichen wären einfach nur Schulschwänzer, weil wir das während der Schulzeit machen wollen. Die Leute nehmen uns einfach nicht ernst."

Wille staunte, noch nie hatte er Lars so viel auf einmal reden hören. Es wurde Zeit, dass er nun auch etwas sagte, schließlich wollte er sich vor Annabelle nicht blamieren. Nach einem kurzen Räuspern stellte er fest: „Genau, wir sind keine Schulschwänzer, im Gegenteil, wir wollen dafür sorgen, dass die Schule überhaupt noch Sinn ergibt. Was sollen wir lernen, wenn schon bald die Temperaturen immer weiter steigen und der Meeresspiegel sich auch bei uns erhöht und es immer mehr Überschwemmungen gibt. Wir hatten in den letzten drei Sommern in Nordhorn kaum Regen, im Winter Überschwemmungen und die Bauern haben oft gesagt, dass es so nicht weitergehen kann. Das alles zeigt doch, und das sagt nicht nur Greta Thunberg, dass wir endlich etwas ändern müssen. Unsere Generation muss das alles ausbaden, wir haben keine Zukunft mehr, wenn es uns nicht gelingt, den Temperaturanstieg zu stoppen. Und genau deshalb wollen wir Sie als Schulleiter bitten, den Lehrkräften zu sagen, dass sie uns wegen *Schule schwänzen* keine 6 oder 0 Punkte geben dürfen. Das ist gemein, wir als Schüler kämpfen um unsere Zukunft. Vor allem finden wir, dass Herr Leininger nicht einfach Tests oder so schreiben lassen darf, nur weil er uns nicht glaubt." Wille holte tief Luft, die anderen schienen beeindruckt. Er hatte sogar das Gefühl, dass Annabelle ihn stolz ansah.

„Also gut", antwortete Herr Bentlage, „ich sage jetzt mal Folgendes: Ich kann euch nicht einfach freigeben, das verstößt gegen das Schulrecht. Auch dann, wenn selbst Politikerinnen und Politiker meinen, die Schulen sollten sich da nicht so anstellen. Aber ich kann, und das werde ich auch den Kolleginnen und Kollegen sagen, mich großzügig zeigen. Noch besser wäre es, wenn eure Eltern euch ganz einfach eine Entschuldigung schreiben würden. Hilft euch das weiter?"

„Ja, auf jeden Fall", antwortete Annabelle sichtlich erleichtert, „vielen Dank, das finden wir richtig toll."

„Gut, geht wieder in den Unterricht, die Pause ist ja auch schon zu Ende." Herr Bentlage erhob sich und gab den Fridays for Future-Aktivisten die Hand.

Als sie wieder draußen auf dem Flur standen, klatschten sie sich ab. Jetzt hatten sie einen wirklich mächtigen Verbündeten. Wenn Herr Bentlage seine Lehrerinnen und Lehrer ansprechen würde, hätten sie wahrscheinlich nur noch wenig dagegen. Vor allem Herr Leininger würde sicher seine Hetzerei erst mal einstellen, denn gegen Anweisungen des Direx zu verstoßen, würde er sich nicht trauen.

„Bleibt es bei heute Nachmittag?", wollte Annabelle wissen, bevor sie wieder zurück in ihre Klasse ging. Und dabei lächelte sie Wille an.

Der hatte wieder das Kribbelgefühl in seinem Bauch, aber diesmal war er sich sicher, nicht rot im Gesicht zu sein. „Auf jeden Fall", antwortete er mit fester Stimme, „bis nachher", und verließ das Schulgebäude, um nach Hause zu fahren.

Wer steckt hinter dem Erpresserbrief?

Für einen Augenblick überlegte Wille, noch in der Ludwig-Povel-Schule vorbeizufahren, er hatte irgendwie das Gefühl, mit Andy über Annabelle und das Treffen bei Bentlage reden zu müssen. Aber er entschied sich dagegen, denn vermutlich würde Andy im Unterricht sein. Also fuhr er direkt nach Hause.

Als er dort ankam, war seine Mutter nicht da, er hatte vergessen, dass sie heute nur eine kurze Mittagspause hatte. Auf dem Küchentisch fand er einen Zettel, dass sein Essen im Kühlschrank stehe und er es in der Mikrowelle aufwärmen solle. Er war sogar ganz froh, heute allein essen zu müssen, so konnte er noch einmal über alles in Ruhe nachdenken. Seine Mutter hatte Spaghetti-Bolognese vorbereitet, auch eine Schüssel mit Gurkensalat fand er im Kühlschrank, aber den ließ er lieber stehen. Wenn schon seine Mutter nicht da war, wollte er wenigstens die Gelegenheit nutzen und auf das Grünzeug verzichten.

Mit großem Appetit begann er die Nudeln in sich hineinzuschaufeln und ließ sich den Morgen in der Schule und vor allem das Gespräch mit Direktor Bentlage, Annabelle und den anderen noch einmal durch den Kopf gehen. Er war ganz zufrieden mit sich, endlich war es ihm mal gelungen, sich nicht so unsicher in Annabelles Gegenwart zu fühlen. Und er hatte ja auch ganz vernünftige Sachen gesagt. Was ihn immer noch wunderte, war die Art und Weise, wie Lars bei dem Treffen mit Bentlage losgelegt hatte. Er hatte sich seit der Geschichte mit dem Ungeheuer ganz schön verändert, genau wie Ole und Patrick. Aber das galt sicher auch für ihn selbst und Andy. Es war in der Zwischenzeit ja auch verdammt viel passiert. Sie waren älter geworden, und dass sie das Ungeheuer dann noch eine Weile durch den Vechtesee gesteuert hatten, hatte ihrem Verhältnis untereinander nicht geschadet.

Ein bisschen machte er sich wegen Andy Sorgen, denn in letzter Zeit war er oft ungeduldig und reizbar, manchmal auch in sich gekehrt. Wille wusste nicht genau, was mit ihm los war. Noch immer wunderte er sich darüber, dass jemand ausgerechnet bei Andy zu Hause eingebrochen war. Da ja Spuren seines Vaters bei dem Einbruch nicht gefunden worden waren, musste das Plektron ein wichtiger Hinweis sein. Die Einzigen, mit denen Andy und er über den Fall gesprochen hatten, waren Onkel Werner und seine Bandmitglieder gewesen. Und da Onkel Werner nicht Gitarre spielte, kamen nur die anderen infrage – Lefti, Bruno oder Hannes. Wille war klar, dass Andi und er mit Onkel Werner sprechen mussten.

Nach dem Essen erledigte Wille noch schnell seine Hausaufgaben, und dann war es so weit, er konnte zu Annabelle fahren. Vorher machte er sich noch etwas frisch und benutzte sogar ein Deo. Dann zog er die Haustür zu und radelte zur Moltkestraße, wo Annabelle wohnte. Ihre Familie lebte in einer Villa kurz vor der Vechtebrücke. Als Wille in die große und breite Einfahrt einbog, hatte er für einen Moment das Gefühl, es sei besser, wieder nach Hause zu fahren, aber kaum war er von seinem Fahrrad abgestiegen, öffnete Annabelle bereits die Haustür.

„Hey, Wille, super, dass du gekommen bist", begrüßte sie ihn strahlend.

„Kein Problem", antwortete Wille und gab ihr etwas linkisch die Hand. Sie fühlte sich weich an. Annabelle hatte schlanke und sehr schöne Finger. Er spürte, dass sie zwei Ringe trug und am Arm eine Reihe von bunten Bändern.

„Komm rein", sagte sie, „am besten, wir setzen uns auf die Terrasse. Meine Mutter ist nicht da. Willst du etwas trinken?"

„Hast du Cola?"

„Ja, steht im Kühlschrank, ich hole sie, Augenblick." Sie öffnete die Terrassentür und zeigte auf die Sitzgruppe mit acht Stühlen und einem langen Holztisch. Wille setzte sich und staunte über den riesigen Garten mit vielen Blumenbeeten, Obstbäumen und sogar einem Swimmingpool, dessen Wasser blau leuchtete. Beeindruckt sah er sich um. So einen super Garten hatte er noch nie gesehen.

„Tja", meinte Annabelle, als sie mit zwei Gläsern Cola wieder die Terrasse betrat und Willes staunenden Blick sah, „ich weiß, das ist ein voll großer Garten, aber so ist meine Mutter nun mal. Alles, was sie anfängt, muss immer gleich riesig sein."

„Der Pool ist toll", meinte Wille und nahm einen großen Schluck aus dem Glas, weil er spürte, dass er vor Aufregung einen trockenen Mund hatte. „Ja, aber ich geh trotzdem lieber ins Freibad."

Dann wurde Annabelles Gesicht ernst, sie griff in ihre Hosentasche, zog einen Brief heraus und gab ihn Wille. „Das ist der Erpresserbrief, den meine Mutter bekommen hat." Wille begann zu lesen.

Hallo Frau von Pruselitz
ich schreiben Ihnen wegen die Bibeln. Ich habe sie genommen. Wenn Sie wollen, können sie bekommen ihnen zurück. Aber das kostet. Ich will von ihnen für beide Bücher Geld. Brauche ich für mich und meine Familie. Sie haben ja genug. 100.000 Euro issen für sie nicht viel. Sollten glauben, das zahl ich nicht, weil isse nur eine Witz, dann sagen ich, Informationen über ihren Discos habe ich. Kenne mich selbst gut aus. Dort können ja Kids saufen, bis sie umfallen. Wie Geld übergeben werden, sage ich noch. Kontakten zu Presse und Möglichkeiten auf Internet, um das mit der Disco zu erzählen, habe ich. Bis bald!"

Wille überflog den Brief ein weiteres Mal, er hatte irgendwie das Gefühl, dass da wohl jemand versuchte, sich als Ausländer auszugeben. Es schien so, als würde der Schreiber des Briefs versuchen, seine wahre Herkunft zu verschleiern.

Annabelle sah Wille erwartungsvoll an. „Und? Was ist dein erster Eindruck? Was sagst du?" Ungeduldig rutschte sie auf ihrem Stuhl hin und her.

„Ich glaube, dass jemand so tut, als wäre er Ausländer."

„Wieso?"

„Die Fehler sind irgendwie zu künstlich, ist aber nur ein Bauchgefühl."

„Okay", nickte Annabelle, „also jemand, der besser Deutsch kann, als er hier vorgibt."

„Jo, so was kommt oft vor."

„Und was können wir jetzt machen?"

„Weiß deine Mutter eigentlich, dass du mir den Brief gezeigt hast?" Annabelle schüttelte den Kopf. „Das hätte sie mir nicht erlaubt. Sie will das selbst regeln, ohne Hilfe und vor allem ohne Polizei."

„Na gut, aber was können Andy und ich dann machen?"

„Trotzdem helfen, ihr seid doch sowieso schon darin verwickelt."

Wille seufzte. Jetzt wurde es wirklich ernst, der Überfall im Kloster, der Einbruch in Andys Wohnung und jetzt noch ein Erpresserbrief. Er spürte, wie sein Detektivinstinkt immer mehr erwachte. Immerhin hatten Andy und er schon eine ganze Menge herausgefunden. „Na gut, Andy und ich werden uns drum kümmern", meinte er schließlich.

„Nein, nein, so war das nicht gemeint. Ihr sollt nicht einfach fröhlich rumermitteln und mir ab und zu was erzählen. Ich bin natürlich dabei, schließlich geht es um meine Mutter."

Wille zuckte mit den Schultern. „Ich weiß nicht, da muss ich erst mit Andy sprechen, wir sind schließlich ein Team. Das kann ich allein nicht entscheiden."

„Okay, in Ordnung, aber wenn er nicht einverstanden ist, dann wird aus der ganzen Sache nichts. Am besten schreibst du mir heute noch, nachdem du mit deinem Kumpel gesprochen hast, damit ich Bescheid weiß. Den Brief behalte ich erst noch mal bei mir."

„Gut", antwortete Wille, „dann hau ich jetzt ab."

Annabelle stand auf und ging mit ihm zur Eingangstür. „Okay, sobald du dich gemeldet hast, schicke ich dir von dem Brief ein Foto. Hast du eigentlich irgendeinen Verdacht oder eine Idee, wer dahinterstecken könnte?"

„Da reden wir drüber, wenn du mir den Brief geschickt hast", lächelte Wille, den Annabelles Forderung, an den Ermittlungen beteiligt zu werden, überrascht hatte. Aber gleichzeitig war er auch beeindruckt von ihrem Selbstbewusstsein. Eine Zusammenarbeit konnte er sich wirklich gut vorstellen. Nur musste er Andy natürlich erst fragen. „Okay, dann melde ich mich!", sagte er zu Annabelle, während er auf sein Fahrrad stieg.

Nachdem er losgefahren war, hatte er das Gefühl, dass Annabelle immer noch an der Tür stand und ihm nachsah. Er traute sich aber nicht, sich umzudrehen. Erst kurz bevor er den Postdamm erreicht hatte, sah er sich noch einmal um. Tatsächlich, sie stand immer noch in der Eingangstür. Da hinter Wille ein Auto stand, konnte sie ihn vermutlich nicht sehen. Was bedeutete es, dass sie ihm so lange nachsah? Ihm lief ein kalter Schauer über den Rücken, noch nie hatte er so ein Gefühl gegenüber einem Mädchen.

„Ich bin voll verknallt", murmelte er zu sich selbst und überquerte den Postdamm, um so schnell wie möglich zu Andy zu fahren.

Als er auf dem Kanalweg war, sah er, dass Andys Fahrrad vor Onkel Werners Haus stand. Wille überlegte nicht lange, stieg ab und schellte. Wie immer dauerte es eine Weile, bis er Onkel Werners schweren Schritte im Flur hörte. Dann öffnete er.

„Wille, das ist ja nett, dass du vorbeikommst. Andy ist auch gerade da." Er warf einen Blick auf Andys Rad. „Ach so, du hast natürlich schon sein Fahrrad gesehen. Komm rein, wir reden gerade über euren neuen Fall." Wille folgte Onkel Werner auf die Terrasse, dort saß er fast immer, auch bei Regen, denn er hatte sich ein schützendes Glasdach bauen lassen.

„Hey Alter." Die beiden Freunde klatschten sich ab.
„Willst du auch ein Glas Limo?", wollte Onkel Werner wissen.
„Ja, gerne", nickte Wille.
„Kommst du gerade von Annabelle?", fragte Andy.
„Ja, sie hat mir den Erpresserbrief gezeigt."
„Und?"
„Der Erpresser hat die Bibeln geklaut und will Kohle. Oder er verrät, dass in Frau von Pruselitz' Disco Kids Alkohol trinken dürfen. Wenn das bekannt wird, kann sie ihren Laden dichtmachen."

„Wisst ihr, ob das stimmt mit den Kindern in der Disco?", schaltete sich jetzt Onkel Werner ein.

„Keine Ahnung, aber vorstellen kann ich mir das, da gehen viele Jüngere auch von unserer Schule hin", antwortete Andy.

„Von unserer auch."

„Hm, ob das stimmt, müsste man wohl erst mal überprüfen." Onkel Werner kratzte an seinem langen, grau melierten Rauschebart.

„Ist das nicht eigentlich egal? Der Erpresser hat ja auf jeden Fall die Bibeln und die müssen wir irgendwie zurückbekommen", entgegnete Wille.

„Aber ihr könntet mehr riskieren, wenn es nicht stimmen sollte. Ich schlage vor, dass ich mich am nächsten Freitag mal dort umsehe."

Die beiden Jungen grinsten.

„Du, Onkel Werner?", lachte Andy. „Warum sollen die dich reinlassen? Das passt doch gar nicht."

Onkel Werner schien fast ein bisschen beleidigt, jedenfalls zog er die linke Augenbraue hoch und stand vom Tisch auf. Aber nicht, um zu verschwinden, im Gegenteil, er kam sofort zurück und hatte seinen Mundharmonika-Koffer dabei. Er öffnete ihn, suchte bedächtig eine der vielen Harps aus und begann ein astreines Hip-Hop-Stück zu spielen. Andy und Wille waren sofort begeistert, ihre Knie wippten, die Hände schlugen den Takt auf dem Tisch und Onkel Werner steigerte sich nach und nach in ein irres Finale hinein.

„Wow, das war ja mal was ganz anderes, Onkel Werner, seit wann spielst du so was?"

„Och, immer schon, schließlich kommt Hip-Hop aus dem Funk, Funk aus dem Soul und Soul kommt aus dem Blues. Warum soll ich das also nicht spielen? Nur die Band will da nicht immer so mit. Also, pass ich jetzt in die Disco oder nicht?", brummte er zufrieden.

Die Jungs nickten.

„Alles klar, das geht. Aber wir gehen am Freitag mit, dann bist du unser Erziehungsberechtigter", meinte Andy, „wir kommen bei dir vorbei." Onkel Werner war einverstanden.

„Wie lief es denn jetzt bei Annabelle?"

Wille holte tief Luft und erzählte von dem Brief und davon, dass ihre Mutter nicht wissen durfte, dass Annabelle Wille eingeweiht hatte. „Und sie will bei uns mitmachen", fügte er schließlich hinzu und wartete gespannt, wie Andy reagieren würde.

„Jep, das habe ich erwartet."

Wille war überrascht, aber Andy blieb völlig locker, war in keiner Weise genervt oder sauer.

„Haste nicht gedacht, oder?", meinte er. „Aber als dein Kumpel will ich schließlich nicht schuld sein, wenn es nicht klappt mit euch zwei."

Wille hatte das Gefühl, erneut rot im Gesicht zu werden. Aber Andy schien es nicht zu bemerken oder aus Rücksicht nicht zu kommentieren.

Nur Onkel Werner zog die Augenbrauen hoch. „Ich habe wohl was verpasst", brummte er und sah Wille freundlich und voller Mitgefühl an. „Junge, ich freu mich für dich. Sie ist sicher eine nette."

Wille nickte verlegen. „Wenn Annabelle jetzt dabei ist, schreibe ich es ihr, dann schickt sie mir auch den Brief", sagte er und griff zu seinem Handy.

„Sie weiß es jetzt, ich habe sie noch mal daran erinnert, mir ein Foto des Briefs zu schicken."

Schon kurze Zeit später hatte Annabelle geantwortet. „Sie freut sich und würde gerne mit dir telefonieren", sagte er zu Andy.

„Alles klar", kannst ihr ja meine Nummer geben. Zeig mal den Brief."

Wille leitete ihn an Andy und Onkel Werner weiter.

„Hm", brummte der schließlich, „irgendwie kommt mir der Schreibstil bekannt vor. Das hat ein bisschen was von Lefti." Betrübt schüttelte er den Kopf. „Ich kann es mir eigentlich nicht vorstellen, aber Geldprobleme hat Lefti eigentlich immer."

„Was willst du machen? Ihn einfach fragen?", wollte Andy wissen.

Onkel Werner schüttelte den Kopf. „Lieber nicht, entweder ist er dann sauer, weil ich ihn falsch verdächtige, oder er ist gewarnt. Also muss ich es irgendwie anders herausbekommen. Wie, weiß ich im Moment noch nicht."

„Übrigens in der Wohnung haben Wille und ich nach dem Einbruch ein rotes Plektron gefunden. Hat Lefti so eins?"

Onkel Werner schaute besorgt. „Ja", antwortete er, „leider." Dann sah er auf seine Uhr. „So, Jungs, ich muss jetzt zur Arbeit, ich habe diese Woche Spätschicht. Wenn ihr noch bleiben wollt, gerne, zieht aber die Tür hinter euch zu, wenn ihr geht." Dann stand er auf und war kurze Zeit später verschwunden.

Die beiden Freunde verließen ebenfalls Onkel Werners Wohnung. Morgen wollten sie weiter ermitteln.

Andys Vater

Vor dem Kanalhochhaus trennten sie sich. Bevor sie sich abklatschten, sagte Andy: „Okay, Alter, dann sind wir also jetzt zu dritt. Ist vielleicht gar nicht so schlecht, ein Mädchen dabeizuhaben, drei Köpfe denken mehr als zwei. Und wenn es dann noch ein Mädchen ist, sieht die Sache noch besser aus."

Wille spürte, dass er schon wieder rot anlief.

„Jetzt hör mal auf mit dem Flashen", grinste Andy, der Wille natürlich gut genug kannte, um zu wissen, dass ihm die ganze Sache mit Annabelle peinlich war. „Sie ist nett, schlau und bestimmt ein klasse Kumpel, das passt schon."

Wille nickte und spürte, wie froh er war, einen so guten Freund zu haben, selbst wenn der – wie in letzter Zeit öfter – auch mal schlecht drauf war. „Alles klar, Andy, wir sehen uns morgen nach der Schule."

Zu Hause saßen seine Eltern schon entspannt auf der Terrasse. Der Abendbrottisch war gedeckt und es schien, als hätten sie auf ihn gewartet.

„Na, mein Sohn, wo kommst du her?"

Wille warf seine Tasche auf den Terrassenboden und setzte sich dazu. „Woher wohl? Von Andy, wir haben uns mit seinem Onkel getroffen und uns über Willes Vater unterhalten."

„Warum? Ist er wieder aufgetaucht?"

Wille zuckte mit den Schultern. „Andy ist manchmal so komisch in letzter Zeit. Er glaubt, dass sein Vater bei ihm und seiner Mutter in die Wohnung eingebrochen ist."

„Was? Wie kommt er denn darauf?", wollte Frau Willerink wissen.

„Jemand hat das totale Chaos hinterlassen."

„Hat die Polizei denn Spuren von seinem Vater gefunden?"

„Eigentlich nicht, aber Andy glaubt es trotzdem. Er hat ihm in letzter Zeit ab und zu einen Brief geschrieben und so komische Andeutungen gemacht."

„Was für komische Andeutungen denn?"

„Dass er demnächst bei ihm und seiner Mutter vorbeikommen wird."

„Ist er denn wieder entlassen worden?"

„Das weiß Andy nicht genau. Seine Mutter auch nicht, sie sagen, wenn, dann nur wegen guter Führung oder so was."

„Haben sie Angst vor ihm?", wollte Herr Willerink wissen.

„Andy nicht, aber seine Mutter wohl. Sie hat sich ja scheiden lassen."

„Was sagt denn Kommissar Vennegerts?"

„Er hat sich schon alles angesehen, er weiß also Bescheid. Vennegerts ist jetzt übrigens Hauptkommissar, Mama", korrigierte Wille.

„Natürlich, das habe ich vergessen." Frau Willerink seufzte. Andy tat ihr wirklich leid, denn sie wusste, dass der Junge es nicht so einfach hatte.

Wille ging es vor allem darum, seinen Eltern nicht zu erzählen, wie tief Andy und er bereits wieder in dem Kloster-Fall steckten. Weitere Fragen stellten seine Eltern nicht, deshalb nutzte er die Gelegenheit, aufzustehen, räumte folgsam den Abendbrottisch ab und verschwand mit dem Hinweis, er müsse noch Hausaufgaben machen, auf sein Zimmer.

Wille warf seine Tasche auf sein Bett, setzte sich an seinen Schreibtisch und schaltete seinen Laptop ein. Er musste wissen, wie schnell man wirklich nach einer Straftat wegen guter Führung wieder aus dem Gefängnis entlassen werden konnte. Aber kaum hatte er den Suchbegriff eingegeben, klingelte sein Handy. Es war Andy.

„Hey, lange nichts mehr von dir gehört", meinte Wille ironisch.

„Hör zu, ich bin jetzt ganz sicher, dass mein Alter mit der ganzen Sache tatsächlich etwas zu tun haben muss."

„Wie kommst du darauf?"

„Ich habe einen Schlüsselanhänger von ihm gefunden, bei mir im Zimmer."

„Komisch. Wieso da?"

„Was weiß ich, vielleicht hat er sich da kurz zum Pennen hingelegt?"

„Weiß deine Ma schon davon?"

„Nein, sonst würde sie ausflippen. Aber ich werde mit Onkel Werner darüber sprechen."

„Gute Idee, aber warum glaubst du, dass er in den Bibeldiebstahl verwickelt sein soll?"

„Weil er mit Sicherheit Kohle braucht und weil er ein Arschloch ist."

„Pass auf, ich komme gleich noch mal vorbei. Ist deine Ma zu Hause?"

„Nein, sie hat Spätschicht, kommt erst um 11."

„Okay, dann bis gleich, muss noch eben meinen Eltern Bescheid geben." Wille legte auf, schnappte seinen Rucksack und ging nach unten. „Muss doch noch mal kurz zu Andy", rief er seinen verwunderten Eltern zu.

„Aha, warum denn?" Seine Mutter wollte wie immer mehr wissen.

Aber weil Wille damit gerechnet hatte, antwortete er: „Habe noch Fragen wegen Mathe, du weißt doch, da kann mir Andy gut bei helfen." Andy war wirklich sehr gut in Mathe, leider gelang ihm das nicht so in den anderen Fächern, weshalb er auch den Wechsel zum Gymnasium nicht geschafft hatte. Seine Mutter gab sich mit seiner Antwort zufrieden und ließ Wille fahren.

Kurze Zeit stand er vor dem Kanalhochhaus und schellte. Sofort summte der Türöffner, als hätte Andy ihn kommen sehen. Wille fuhr mit dem Aufzug in den achten Stock, und als er oben ausstieg, wartete Andy bereits an der geöffneten Wohnungstür.

„Mann, Alter, du brauchst ja immer länger, bis du oben bist."

„Quatsch nicht, erzähl mir lieber, was los ist", antwortete Wille.

Dann gingen sie in Andys Zimmer und der streckte ihm wortlos einen Schlüsselanhänger entgegen.

„Und? Was ist mit dem Ding?", wollte Wille wissen.

„Der gehört meinem Alten. Er hat ihn eindeutig hier liegen lassen."

„Wie kommst du darauf?"

„Ganz einfach, er lag genau auf meinem Kopfkissen. Ich sollte ihn finden."

„Und wenn deine Ma ihn dahingelegt hat?"

Andy schüttelte mit dem Kopf. „Glaube ich nicht."

„Hm, aber wie soll er schon wieder in die Wohnung gekommen sein? Ihr habt nach dem Einbruch doch das Türschloss austauschen lassen."

„Ja, aber der Typ hat bestimmt eine Fortbildung als Einbrecher und Türknacker im Knast gemacht. Genug Experten sitzen da ja herum."

„Okay, kann sein, aber ist er denn wirklich schon entlassen?"

„Ich schätze wohl."

„Gut, dann müsste die Polizei das aber doch genau wissen. Wir fragen Vennegerts."

Andy nickte. „Ist wahrscheinlich eine gute Idee. Ich ruf ihn morgen vor der Schule an. Ich habe erst zur dritten Stunde. Aber jetzt mal etwas anderes: Was ist denn mit der Demo von Fridays for Future? Passiert da was? Ich habe an unserer Schule eine ganze Menge Leute angemacht, da wollen viele dabei sein."

„Oh, das ist ja cool. Soweit ich weiß, soll es am kommenden Freitag losgehen. Wenn eure Schule mitmacht, sind es alle drei Schulzentren, unser Stadtring und die vom Evangelischen Gymnasium und von den Berufsschulen wollen auch dabei sein."

„Geil, aber wir wollen mit eigenen Plakaten mitgehen. Außerdem lenkt mich die Sache ein bisschen von der Geschichte mit meinem Alten ab."

„Habt ihr denn Gruppen, die Plakate vorbereiten wollen?"

„Logo, wir treffen uns ab morgen jeden Nachmittag. Unser Direx will uns zwar nicht freigeben, aber wir werden die Schule auf jeden Fall nach der sechsten Stunde Richtung Marktplatz verlassen." Andy sprach mit fester Stimme und Wille merkte, dass die Ablenkung von der Geschichte mit seinem Vater wirklich funktionierte.

Er klopfte Andy auf die Schulter. „Super, dann werden wir am Freitag hoffentlich den ganzen Marktplatz vollkriegen. Ich schätze, es kommen nicht nur Schülerinnen und Schüler, sondern auch viele Eltern und andere. Mein Vater jedenfalls hat sich extra freigenommen."

„Ach so, dann weiß ich ja jetzt, warum mein Alter sich vom Knast freigenommen hat, der will wahrscheinlich auch kommen", meinte Andy und lachte.

„Logo, warum bist du da nicht eher draufgekommen, dann hättest du dir gar keine Sorgen machen müssen. Ich muss jetzt los, sag mir Bescheid, wenn du mit Vennegerts gesprochen hast."

Andy nickte und wie immer begleitete Andy seinen Freund noch bis zur Aufzugstür.

Unten schloss Wille sein Rad auf und machte sich auf den Heimweg.

„Und, wie hat es mit Mathe geklappt?", wollte Frau Willerink wissen, die inzwischen ihr Abendprogramm begonnen hatte, denn sie las den Grafschafter Boten und hatte eine Tasse Tee vor sich stehen.

„War okay", meinte Wille, „Andy ist einfach ein Mathegenie. Soll ich es dir erklären?"

Frau Willerink winkte ab. Wille wusste genau, dass sie kein Interesse daran hatte, sich auf so etwas Langweiliges wie Mathe einzulassen. Durch seine Frage war sie erst recht davon überzeugt, dass Mathe wirklich der Grund seines Besuchs bei Andy war.

„Wo ist Papa?", wollte er wissen.

„Der hat heute Abend seine Vereinssitzung, er will auf eure Fridays for Future-Veranstaltung aufmerksam machen. Ich wäre übrigens auch gerne hingegangen, aber leider kann ich meine Schicht nicht tauschen."

„Ach so, das ist ja nett von Papa. Ich geh dann jetzt nach oben, schlaf gut, Mama."

„Gute Nacht, mein Junge. Hast du morgen zur ersten Stunde?"

Wille nickte, dann ging er in sein Zimmer, um noch ein wenig seine Lieblingsserie am Laptop zu gucken. Er fuhr gerade besonders auf *Young Royals* ab. Das erzählte er aber niemandem, weil er sich nicht lächerlich machen wollte. Selbst gegenüber Andy hielt er es geheim. Zwei Folgen schaffte er, dann merkte er, dass ihm die Augen zufielen. Er schaffte es gerade noch, seinen Laptop wegzustellen.

Als sein Handy am nächsten Morgen klingelte, hatte er das Gefühl, die ganze Nacht nur von Annabelle geträumt zu haben. Von unten hörte er die Stimme seiner Mutter: „Wille, es ist 7.00 Uhr, du musst raus aus den Federn. Dein Frühstück habe ich dir fertiggemacht, Papa ist schon zur Arbeit, ich bin heute Mittag aber kurz da!"

„Alles klar!", antwortete Wille. „Bis heute Mittag."

Er stand auf, verpasste sich eine Katzenwäsche und ging nach unten. Großen Hunger hatte er nicht, aber ein kleines Müsli und eine Tasse Kakao passten rein. Dann schnappte er seinen Schulrucksack und fuhr zum Stadtring-Gymnasium. Wie immer radelte er am Hochhaus von Andy vorbei, weil er hoffte, ihn vielleicht noch vor der Schule kurz zu sehen. Aber Andys Fahrrad stand nicht mehr im Fahrradständer, er musste also schon zur Schule gefahren sein. Doch plötzlich traute Wille seinen Augen nicht.

Auf dem Parkplatz vor dem Haus stand ein Auto und darin saß ... tatsächlich Andys Vater. Also hatte Andy doch recht, sein Vater war in Nordhorn.

Wille fuhr ein Stück weiter, weil er Angst hatte, Andys Vater würde ihn bemerken. Auf der Höhe des Gebäudes, in dem die Krankenversicherung untergebracht war, wechselte er die Straßenseite, stellte sein Fahrrad ab und schlich zurück bis zu dem Parkplatz.

Das Auto mit Andys Vater war immer noch da, er beobachtete genau, wer aus dem Hochhaus hinaus- und ins Hochhaus hineinging. Vermutlich wusste er nicht, dass Andy längst zur Schule gefahren war. Auch Andys Mutter war wahrscheinlich schon bei der Arbeit oder schlief noch nach ihrer Spätschicht.

Wille überlegte. Was sollte er jetzt tun? Sie warnen? Ob Andys Vater ihn wiedererkennen würde? Zwar hatten sich beide nur mal kurz gesehen, als er von der Polizei in dem Hochhaus festgenommen worden war, und das war auch schon lange her, aber man konnte nie wissen.

Also wählte Wille die Festnetznummer von Andys Mutter. Er musste sie ja irgendwie wecken. Es dauerte eine Weile, bis sie abnahm.

„Ja?", hörte er ihre müde Stimme.

„Hallo, Frau Feldmann, hier ist Wille."

Frau Feldmann stöhnte. „Wille, was soll das? Du weißt doch, dass ich gestern Spätschicht hatte. Warum schmeißt du mich in aller Frühe aus dem Bett? Andy ist schon zur Schule."

„Ja, ich weiß, es tut mir auch wirklich leid, aber es ist wichtig. Hier unten auf dem Parkplatz wartet ihr Ex-Mann. Er sitzt in einem Auto und beobachtet den Eingang des Hochhauses."

„Was?" Jetzt war Frau Feldmann hellwach. „Bist du sicher?"

„Ja, ich bin sicher, ich stehe nur ein paar Meter von ihm entfernt."

„Oh nein, bitte, Wille, ruf sofort die Polizei an, er hat immer noch das Verbot, sich mir zu nähern. Verdammt, ich hatte wirklich gehofft, er ist noch im Knast."

„Andy meinte, er sei vielleicht wegen guter Führung schon früher entlassen worden."

„Tja, scheint so."

„Andy wollte heute Morgen bei Ludger Vennegerts anrufen, um sich zu erkundigen. Aber ich melde mich jetzt auch noch einmal bei ihm. Versuchen Sie es am besten über die Notfallnummer der Polizei!"

„Auf jeden Fall!"

Wille legte auf und wählte anschließend die Nummer von Hauptkommissar Vennegerts.

„Polizeikommissariat Nordhorn, Ludger Vennegerts", hörte er seine Stimme.

„Hier ist Wille, guten Morgen, Herr Vennegerts."

„Wille, das ist ja ein Zufall, Andy hat auch schon angerufen. Oder ist das gar kein Zufall?"

„Nein, ist es nicht. Ich stehe hier vor dem Kanalhochhaus. Auf dem Parkplatz ist Andys Vater. Er sitzt in einem Wagen und beobachtet den Eingang des Hochhauses."

Ludger Vennegerts wurde sofort ernst. „Wo bist du genau, Wille?"

„Ich stehe hinter einem Baum an dem Parkplatz von Ortho-Reha. Er kann mich nicht sehen."

„Am besten ziehst du dich zurück, ich bin gleich da. Sein Vater ist tatsächlich wegen guter Führung aus dem Gefängnis entlassen worden. Aber das Annäherungsverbot von damals besteht immer noch. Ich werde ihn gerne daran erinnern. Bis gleich."

Wille zog sich zurück, aber nur so weit, dass er Andys Vater in seinem Auto weiter im Blick behalten konnte. Der rührte sich nicht. Wille rief noch einmal bei Frau Feldmann an. Sie hatte inzwischen auch die Polizei erreicht und wusste, dass Hauptkommissar Vennegerts zu ihr unterwegs war.

Kaum zehn Minuten später fuhr er mit einem Zivilwagen und parkte direkt neben Willes Vater. Wille kam aus seinem Versteck und näherte sich ebenfalls dem Wagen. Erst als Vennegerts an seine Seitenscheibe klopfte, wurde Andys Vater aufmerksam.

„Herr Feldmann, steigen Sie mal aus, bitte? Mein Name ist Hauptkommissar Vennegerts von der Polizei Nordhorn."

Feldmann öffnete die Fahrertür und stieg langsam aus.

„Sind Sie Helmut Feldmann?"

Er nickte.

„Darf ich bitte mal Ihren Ausweis sehen?"

„Selbstverständlich", antwortete Feldmann, „habe ich was Verbotenes getan?"

„Das kommt darauf an. Sie sind aus dem Gefängnis entlassen worden. Sie wissen, dass Sie immer noch ein Annäherungsverbot gegenüber Ihrer Frau und Ihrem Sohn haben?"

„Ja, das weiß ich."

„Warum sitzen Sie dann die ganze Zeit in Ihrem Auto und beobachten den Eingang des Hochhauses?"

„Woher wollen Sie denn wissen, dass ich das die ganze Zeit tue?"

„Weil dieser junge Mann Sie dabei gesehen hat."

Erst jetzt wurde Helmut Feldmann auf Wille aufmerksam. „Ach, du bist doch Wille, oder?"

„Ja, bin ich. Warum warten Sie denn jetzt die ganze Zeit hier im Auto?"

Ludger Vennegerts sah Wille streng an, er wollte, dass er sich aus dem Gespräch heraushielt.

„Ehrlich gesagt hatte ich Sehnsucht nach meiner Ex-Frau und meinem Sohn. Und weil ich ja nicht einfach in die Wohnung marschieren darf, habe ich eben hier gewartet. Ich dachte, wenn einer von beiden herauskommt, kann ich sie mit dem vorgeschriebenen Abstand vielleicht ansprechen."

„Wie lange stehen Sie hier schon?", wollte Vennegerts wissen.

„Seit halb acht, glaube ich", antwortete Feldmann.

„Dann haben Sie Ihren Sohn verpasst. Der ist bereits in der Schule."

Feldmann nahm die Auskunft schweigend zur Kenntnis.

„So, und jetzt erteile ich Ihnen für diesen Bereich um das Gebäude hier einen offiziellen Platzverweis", fügte Vennegerts hinzu.

„Aber mir geht es nur darum, ein kurzes Gespräch mit meiner Ex-Frau und meinem Sohn zu führen", wehrte sich Feldmann.

„Wenn Sie das wünschen, müssen Sie die beiden anrufen. Ich vermute, die Telefonnummer werden Sie noch haben. Wo wohnen Sie hier in Nordhorn?"

„Ich bin bei einem Freund."

„Name, Adresse!" Vennegerts sprach laut und streng.

„Günter Malert, Lindenallee 12", antwortete Feldmann eingeschüchtert.

„Gut, dann rate ich Ihnen jetzt, dahinzufahren und sich hier nicht mehr aufzuhalten."

Feldmann stieg in seinen Wagen und fuhr los.

„So, ich hoffe mal, dass er jetzt verstanden hat, worum es geht", seufzte Vennegerts.

„Bin gespannt", meinte Wille, „ich hatte aber den Eindruck, dass er anders war als sonst. Ein bisschen habe ich das Gefühl, er will ernsthaft etwas ändern."

„Solange Frau Feldmann und Andy nichts davon wissen wollen, ist das völlig egal. Sag mal, warum bist du eigentlich immer noch hier? Du warst doch auf dem Weg zur Schule."

„Ja, stimmt, aber das war jetzt wohl wichtiger."

Ludger Vennegerts schmunzelte. „Hast recht, Sherlock Holmes. Wenn du eine Entschuldigung brauchst, sag deinem Lehrer, er soll mich anrufen."

„Auf jeden Fall." Wille setzte den Rucksack auf und machte sich auf den Weg zum Stadtring-Gymnasium.

In den ersten beiden Stunden hatte er Mathe. Er war sich sicher, dass Diepmann, sein Mathelehrer, den Grund seiner Verspätung verstehen würde. Vor der Tür des Klassenraums lauschte er kurz, was drinnen los war. Diepmann erklärte mit seiner ruhigen Stimme irgendwas zum Thema Wahrscheinlichkeitsrechnung. Wille klopfte und betrat den Klassenraum.

„Guten Morgen, Herr Willerink, ich freue mich, Sie zu sehen." Herr Diepmann machte eine kleine Verbeugung und gab Wille die Hand. „Was hat dich aufgehalten?"

„Kann ich Ihnen das kurz draußen erklären?", antwortete Wille.

„Na, gut, dann komm."

„Also, es ist so, ich hatte mit der Polizei zu tun." Dann berichtete er Herrn Diepmann, was geschehen war.

„Du hast offenbar alles richtig gemacht", nickte sein Mathelehrer, „vielen Dank für deine Erklärung." Und das meinte er nicht ironisch, sondern so, wie er es gesagt hatte. Dafür schätzte Wille ihn – genauso wie für seine Blues-Sessions mit Onkel Werner auf der Bühne.

Nach dem Gespräch gingen sie zurück in den Klassenraum. Wille setzte sich auf seinen Platz und Herr Diepmann nahm den Unterricht wieder auf. Natürlich konnte Wille sich nicht besonders gut konzentrieren, er dachte ständig darüber nach, wie Andy wohl die Nachricht vom tatsächlichen Auftauchen seines Vaters aufgenommen hatte. Sein Verdacht hatte sich ja damit eindeutig bestätig. Wille nahm sich vor, seinen Freund in der nächsten Pause direkt anzurufen.

Streiken für das Klima

Endlich war Pause. Wille ging so schnell wie möglich nach draußen und wählte Andys Nummer. Die Pausenzeiten an der Ludwig-Povel-Schule waren mit denen am Stadtring-Gymnasium in etwa gleich.

Andy nahm auch sofort ab. „Hey Wille, siehst du, ich hatte doch recht. Hast du eigentlich mit meinem Alten gesprochen?", wollte Andy wissen, ohne Wille überhaupt zu Wort kommen zu lassen.

„Hi, Andy, ich freu mich auch, dich zu hören. Und ja, ich habe mit ihm gesprochen. Er war eigentlich ganz normal."

„Normal, so ein Scheiß, mein Alter war nie normal. Wo ist er denn hingefahren?"

„Er wohnt bei einem Freund auf der Lindenallee. Vennegerts hat ihm klargemacht, dass er sich euch nicht mehr nähern darf."

„Dass der Typ sich daran halten wird, glaube ich nicht. Hast du mitbekommen, wie der Freund heißt?"

Wille überlegte einen Moment, ob er Andy die Adresse und den Namen sagen sollte. „Aber nur, wenn du mir versprichst, dass du nicht bei ihm auftauchst."

„Ja, ja, jetzt sag schon."

„Lindenallee, bei einem Günter Malert."

Andy blieb stumm.

„Was ist los, warum antwortest du nicht?"

„Den kenn ich", antwortete Andy schließlich, „das ist ein Kumpel meines Alten von früher."

„Ist der okay oder gefährlich?"

„Keine Ahnung, das wird sich zeigen. Wann treffen wir uns wegen der Fridays for Future-Demo am Freitag?", wechselte Andy jetzt einfach das Thema.

„Heute Nachmittag um 16.00 Uhr im Jugendzentrum", antwortete Wille.

„Alles klar, dann bis später."

Bevor Wille noch etwas sagen konnte, hatte Andy aufgelegt. Wille steckte sein Handy in die Tasche und sah sich auf dem Pausenhof um.

Er hoffte, Annabelle zu sehen. Sie stand mit einigen Freundinnen vor der Tür der Cafeteria und unterhielt sich. Langsam ging Wille auf sie zu. Annabelle bemerkte ihn und winkte. Willes Herz hüpfte, denn er fand es nicht ganz einfach, sich zu ihr in den Kreis ihrer Freundinnen zu stellen.

„Hi, Wille, gut, dich zu sehen", lächelte Annabelle ihn an, „wir reden gerade über Freitag."

„Sehr gut, darüber wollte ich mit dir auch sprechen. Wie sieht es aus mit der Planung?"

„Inzwischen sind alle über die Whatsapp-Gruppe informiert. Wir sammeln uns nach der sechsten Stunde hier auf dem Schulhof mit unseren Transparenten und gehen in kleinen Gruppen zum Marktplatz."

„Warum in kleinen Gruppen?"

„Weil das sonst schon wieder wie eine Demo wäre und wir die extra anmelden müssten. Und eigentlich geht es ja auch erst am Marktplatz mit der Kundgebung los."

Wille nickte, das leuchtete ihm ein. „Ich hatte Kontakt zur Ludwig-Povel-Schule, da kommen auch eine ganze Menge Leute."

„Super, auch die anderen Oberschulen und die Berufsschulen machen mit."

„Ich schätze, auch einige Grundschulen sind dabei. Die kommen mit Eltern und Lehrerinnen und Lehrern."

„Krass", meinten die anderen Mädchen, „dann wird das ja eine richtig große Demo."

„Genau, und am Büchereiplatz findet dann die Abschlusskundgebung statt."

„Wo gehen wir lang? Durch die Fußgängerzone?", wollte Zoe wissen, eine der Freundinnen Annabelles.

„Ja, dann geht es weiter über den Stadtring und wir machen eine Zwischenkundgebung auf der van-Delden-Straße vor der Kreisverwaltung." Annabelle blickte stolz in die Runde. Sie hatte die Veranstaltung mit ihrer Whatsapp-Gruppe von Fridays for Future sehr genau diskutiert und alles so weit vorbereitet. An ihrer Schule gehörte sie zusammen mit Ole, Lars, Patrick und Wille zu den Hauptaktiven.

„Gut, dann wissen jetzt alle Bescheid, wir treffen uns heute Nachmittag noch einmal im Jugendzentrum, um die letzten Sachen abzusprechen."

Es klingelte zum Ende der Pause. Wille wollte sich schon zum Gehen wenden, als Annabelle ihn an seinem Arm zurückhielt und ihn bittend ansah. „Kannst du noch einen Moment warten? Ich muss noch was anderes mit dir besprechen."

Eigentlich wollte Wille nicht schon wieder zu spät kommen, aber an Annabelles Blick merkte er, wie wichtig es ihr war. „Klar, kein Problem", antwortete er, „worum gehts?"

„Natürlich um meine Ma. Sie hat jetzt jemanden beauftragt, in der Erpressungssache zu ermitteln."

„Und wen?"

„Einen Journalisten vom Grafschafter Boten."

Wille machte große Augen. „Sag nicht, es ist Wolf Watermann."

„Du kennst ihn?"

Wille nickte. „Der kommt uns immer in die Quere, wenn es um einen Fall geht. Andy und ich haben schon mit ihm gesprochen, er ist auch an dem Fall dran, für die Zeitung. Aber dass deine Mutter ihn jetzt als Detektiv engagiert hat, finde ich krass."

„Ich weiß auch nicht genau, warum sie das gemacht hat. Aber ich glaube, die Sache wächst ihr langsam über den Kopf. Sie ist in letzter Zeit total schlecht drauf. Ich habe fast jeden Tag Stress mit ihr."

„Seit wann arbeitet Watermann denn für deine Mutter?"

„Seit ein paar Tagen. Ich weiß es aber auch erst seit gestern. Da kam er zu uns nach Hause."

„Hast du was mitbekommen?"

„Nein, und meine Ma erzählt mir auch nichts. Sie sagt, sie will mich damit nicht belasten. Ist der Typ in Ordnung?"

„Ja und nein, auf jeden Fall hat er einen guten Riecher. Ich werde ihn anrufen und mit ihm sprechen, er ist uns noch etwas schuldig."

„Warum?"

„Kann ich jetzt nicht sagen, habe ich ihm versprochen."

„Cool, aber wenn du etwas von ihm erfährst, sag mir sofort Bescheid."

„Logo. Komm, wir müssen in die Klasse, es hat geschellt und ich bin schon heute Morgen zu spät gekommen."

Sie liefen nebeneinander zum Neubau, direkt neben der alten Turnhalle. Wille war froh, dort Unterricht zu haben, weil die neuen Klassenräume auf dem neusten Stand der Technik waren. Beim Abschied berührte Annabelle ihn noch einmal sanft am Arm, Wille bekam eine Gänsehaut. Sie mochte ihn, das war ihm jetzt sonnenklar.

Auf dem Stundenplan stand Englisch und Wille sah dieser Stunde mit einigen Bauchschmerzen entgegen, denn Frau Wellmann, die Lehrerin, hatte angekündigt, die Klassenarbeit zurückgeben zu wollen. Als sie den Klassenraum betrat, sah man ihrem Gesicht bereits an, dass sie nicht sehr gut gelaunt war. Sie stolzierte zum Lehrerpult und warf mit Schwung ihre Tasche auf den Tisch.

„Guten Morgen, heute gibt es die Klassenarbeit zurück. Und sie ist grottenschlecht ausgefallen. Was habt ihr euch eigentlich dabei gedacht? Insgesamt sind mehr als 20 % der Arbeiten schlechter als ausreichend. Meine Damen und Herren, so geht das nicht weiter, so schafft ihr nie das Abitur!" Dann begann Frau Wellmann zu erklären, welche Fehler gemacht worden waren, sie redete sich in eine ziemliche Wut hinein und ihre Stimme wurde immer lauter. Am Ende ihrer Predigt verteilte sie die Arbeiten und warf sie jedem mit Schwung auf den Tisch.

Wille erwartete nichts Gutes.

„So, Wille, zu meiner Überraschung gehörst du zu denjenigen, die besser abgeschnitten haben als mit einer 5, Glückwunsch zu einer ordentlichen 3."

Ungläubig starrte Wille sie an und öffnete sein Heft. Tatsächlich, er hatte sogar eine 3+. Das war schon lange nicht mehr vorgekommen und hing wohl damit zusammen, dass es in der Arbeit um eine Interpretation eines der vielen Romane von Arthur Conan Doyle über seine Detektivfigur Sherlock Holmes ging. Es war das erste Mal, dass er eine Lektüre im Englischunterricht mit Spaß und deshalb auch ganz gelesen hatte.

Den Rest der Stunde verbrachte Wille sehr entspannt, er fand, heute sei sein Glückstag. Erst wegen Annabelle und dann noch wegen der guten Englischarbeit. Als es klingelte, verließ Wille so schnell wie möglich das Schulgebäude. Er musste Andy erzählen, was er heute von Annabelle erfahren hatte. Der würde sicher nicht begeistert sein, schließlich war er noch nie gut auf Wolf Watermann zu sprechen. Er wollte gerade losfahren, als seine speziellen Freunde Lars, Patrick und Ole ihn aufhielten.

„Hi, Wille, warte mal!", rief Ole.

„Aber nur kurz, ich will mich mit Andy treffen."

„Dauert nicht lange, ich habe nur eine Frage."

„Schieß los!"

„Seid ihr beide an dieser Geschichte mit der gestohlenen Bibel aus dem Kloster dran?"

Wille war überrascht. „Woher wisst ihr das?"

„Watermann hat mich angerufen, er wollte wissen, ob wir ihm helfen können."

Wille musste grinsen. „Ach ja, unser Freund Watermann, hätte ich mir fast denken können, dass er euch kontaktieren würde. Und was habt ihr vor? Wollt ihr ihm helfen?"

Die drei schüttelten den Kopf. „Auf keinen Fall", meinte Patrick, „der Typ nervt voll."

„Cool", meinte Wille anerkennend, „dann haltet Andy und mich doch auf dem Laufenden."

„Machen wir", antwortete Lars.

Wille nickte ihm und den anderen beiden zu. „Muss los, wir treffen uns ja noch heute Nachmittag." Er wollte jetzt auf schnellstem Wege zur Kanalstraße.

Andy wartete schon an der Bushaltestelle. Sie klatschten sich ab und gingen wie immer, wenn sie Dringendes zu besprechen hatten, auf den Bolzplatz hinter dem kleinen Spielplatz. Meist waren sie da ungestört.

Überraschung mit Ole, Lars und Patrick

Sie setzten sich auf den Rasen am hinteren Fußballtor. „So, Alter, dann erzähl, was gibt es Neues?", wollte Andy wissen.

„Einiges, erst mal schöne Grüße von Patrick, Lars und Ole."

„Ach, die drei Chaoten lassen jetzt schon grüßen? Was ist mit denen los? Haben die zu viel Buttermilch getrunken?"

„Keine Ahnung, aber sie haben auf jeden Fall zu viel mit Watermann gesprochen." Wille erklärte, was die drei ihm berichtet hatten, und auch, dass Annabelle ihm von Watermanns Engagement durch ihre Mutter erzählt hatte.

„Das ist ja voll verrückt, aber ich hatte auch das Vergnügen, mit Watermann zu telefonieren."

„Ach was. Was wollte er von dir?"

„Mit uns zusammenarbeiten, das wäre beim Ungeheuer-Fall schon super gewesen, bla bla bla ... Er ist halt ein ziemlicher Honk. Außerdem haben wir ihn ja immer noch wegen der Falschinformationen am Wickel, also, wenn er Scheiß baut und uns verarschen will, gehen wir halt einfach zur Polizei. Dann kann er sein Reporterleben vergessen."

„Hast du ihn schon mal daran erinnert?"

„Und ob."

„Und wie hat er reagiert?"

Andy grinste. „Was glaubst du denn? Er war brav wie ein Lämmchen, aber auch ein bisschen beleidigt. Das wäre jetzt aber nicht nötig gewesen und so weiter, ihm ginge es vor allem um die gute Zusammenarbeit."

„Umso besser. Ich würde sagen, dann können wir seinen guten Willen ja mal testen und ihn auffordern, alles, was er weiß, mit uns zu teilen."

„Genau, rufen wir ihn doch gleich noch mal an, ich habe ihm sowieso gesagt, dass ich mit dir noch alles absprechen muss."

Wille wählte und stellte sein Telefon auf laut.

„Watermann", meldete sich seine knarzige Stimme, die immer so klang, als sei er gerade aus einem tiefen Schlaf erwacht.

„Herr Watermann, Wille und Andy hier. Wir haben über Ihren Vorschlag gesprochen. Klar sind wir bereit, mit Ihnen zusammenzuarbeiten. Hat ja bisher auch immer gut geklappt."

Watermann sagte erst mal nichts, man hörte ihn nur schwer atmen. „Das ist ja gut. Es ist so, dass mich die Frau von Pruselitz angerufen hat. Ich soll für sie ermitteln, wer hinter diesem Bibelraub steckt und sie mit der Drohung erpresst, sie lasse Jugendliche in ihren Klub und verkaufe denen Alkohol. Und da ihr wahrscheinlich auch schon weiter gekommen seid mit euren Ermittlungen, wüsste ich gerne, was ihr wisst."

Andy und Wille schauten sich an.

„Herr Watermann, was Sie uns jetzt erzählen, ist für uns nicht neu, da muss schon mehr kommen."

Schweigen am anderen Ende der Leitung, dann ein tiefer Seufzer.

„Okay, Jungs, dann biete ich noch etwas an."

„Ja, raus mit der Sprache."

„Am kommenden Freitag soll es ein Treffen zwischen den Dieben und Frau von Pruselitz geben."

Jetzt war es an Andy und Wille zu staunen.

„Und? Was sagt ihr?"

„Wo und wann genau? Und mit wem haben Sie gesprochen?"

„Tja", triumphierte jetzt Watermann hörbar, „das wollt ihr gerne wissen, klar. Aber bislang habt ihr mir noch gar nichts angeboten, jetzt seid ihr dran!"

„Wir haben eine Liste von Verdächtigen, es tut sich was."

„Aber wer ist auf eurer Liste?"

Andy und Wille erklärten Watermann, dass sie einen Musiker verdächtigten, berichteten, dass Andys Vater wieder in Nordhorn und eventuell auch in der Wohnung der Feldmanns eingebrochen war, und dass sie am Wochenende herausfinden wollen, ob wirklich in dem Klub von Frau von Pruselitz an unter 16-Jährige Alkohol ausgeschenkt werde.

„Dass ihr an einen Musiker glaubt, finde ich interessant. Als ich mit dem Unbekannten telefonierte, hörte ich im Hintergrund auch Musik. Sehr laut übrigens."

„Gut, dann hat sich unser Austausch ja schon mal gelohnt. Wie spät und wo ist denn Freitag das Treffen mit dem Erpresser?"

„Um 23.00 Uhr in Meyers Wäldchen, direkt am Kindergarten."

„Da wollen wir dabei sein", sagte Andy, „das geht nicht ohne uns!"

„So einfach ist das aber nicht. Wenn ihr dabei seid, bekommen wir ein Problem mit dem Bibeldieb."

„Wir werden uns im Hintergrund halten, der wird uns nicht bemerken."

„Na gut, einverstanden", lenkte Watermann ein. „Was läuft denn am Freitag bei der Demo?"

Wille und Andy erzählten Watermann, was alles geplant sei, und freuten sich, dass er darüber schreiben wollte. „Dann sehen wir uns am Freitagmittag auf dem Marktplatz", verabschiedeten sie sich voneinander.

„Da haben wir am Wochenende aber eine ganze Menge vor", stellte Wille fest, „erst Demo, dann das Treffen mit dem Dieb und am Freitag noch der Besuch mit deinem Onkel in der Disco von Annabelles Mutter."

„Willst du Annabelle einweihen in das Treffen?", wollte Andy wissen.

„Ja, auf jeden Fall, sie gehört ja jetzt dazu. Ich schätze mal, sie will auch dabei sein."

„Na gut, dann ist ja alles geklärt, ich gehe jetzt, muss noch ein bisschen Deutsch machen, wir sehen uns nachher im Jugendzentrum." Andy erhob sich und sie gingen am Kanal entlang zurück zur Katzenbuckelbrücke, wo Wille sein Rad abgestellt hatte.

Wille fuhr direkt nach Hause, schließlich wollte er seiner Mutter von seiner guten Englischklausur erzählen, denn er hatte schon das Gefühl, dass sie ahnte, wie sehr er und Wille schon wieder in dem neuen Fall steckten. Ihre kurze Mittagspause im Supermarkt verbrachte sie häufiger als sonst zu Hause und wartete mit dem Essen auf ihn. Die Englischnote würde erheblich zu ihrer Beruhigung beitragen.

„Hey, Mam, du bist ja schon da", sagte er, als er die Küche über die Terrassentür betrat.

Seine Mutter saß bereits am Tisch und sah ihn etwas mürrisch an. „Hattest du nicht schon nach der fünften Stunde frei?"

„Ja, hast recht, sei nicht böse, aber ich habe noch Andy getroffen."

„Ich habe mit dem Essen auf dich gewartet."

„Wir hatten noch was wegen der Demo am Freitag zu klären."

Jetzt wurde es Zeit für die gute Nachricht, die Laune seiner Mutter musste sich bessern. Er kramte in seinem Rucksack und zog die Englischarbeit heraus.

„Hier, guck mal, ist super gelaufen."

Neugierig blätterte seine Mutter in dem Heft. Die Wirkung, die sich Wille erhoffte, trat sofort ein, seine Mutter lachte. „Oh, herzlichen Glückwunsch, mein Sohn, damit hattest du ja eigentlich nicht gerechnet. Ein bisschen hatte ich mir ja schon Sorgen gemacht, Sherlock. Zuerst die Schule, dann das Detektivspielen."

„Tja, siehst du, Mam, die Sorgen waren unnötig", entgegnete Wille, „ich habe alles im Griff." Zufrieden begann er zu essen, aber bevor seine Mutter vom Tisch aufstand, nutze er die Gunst der Stunde. „Ach, Mam, eins wollte ich noch sagen, Andy und ich gehen am Samstag mit Onkel Werner ins Kino, da läuft der neue Batman-Film."

Frau Willerink stutzte. „Ihr wollt was?"

„Den neuen Batman-Film gucken."

„Warum mit Werner Feldmann?"

„Weil der den auch sehen will. Andy und ich haben versprochen, ihn mitzunehmen."

„Tja, wenn ihr meint. Ich muss zurück in den Laden, meine Mittagspause ist zu Ende, sieh zu, dass du deine Hausaufgaben machst."

„Okay, alles klar, Mam, dann bis heute Abend!"

Als Frau Willerink gegangen war, räumte er den Tisch ab und ging auf sein Zimmer. Hausaufgaben hatte er nicht so viel auf, und um bloß keine unnötigen Diskussionen zu riskieren, erledigte er die zuerst. Anschließend schrieb er Andy eine Nachricht und informierte ihn kurz über das Gespräch mit seiner Mutter. Alles Weitere konnten sie noch nach dem Treffen im Jugendzentrum besprechen.

Kurz vor fünf Uhr brach er auf. Er freute sich darauf, schließlich würde auch Annabelle wieder da sein. Am Kanalhochhaus hielt er diesmal nicht an, weil Andy mit seinen Mitschülern von der Lupo-Schule zusammen zum Jugendzentrum fahren wollte. Als er an der Fußgänger-Ampel an der Denekamper Straße auf Grün wartete, sah er schon die Teilnehmerinnen und Teilnehmer auf dem Parkplatz vor dem Jugendzentrum stehen. Sein Blick wanderte hin und her, weil er hoffte, Annabelle zu sehen. Ja, vor dem Eingang der Scheune stand sie, zusammen mit ihren Freundinnen und vielen anderen vom Stadtring, auch Lars, Ole und Patrick waren dabei. Als die Ampel auf Grün schaltete, überquerte Wille die Straße, stellte sein Fahrrad ab und ging direkt auf die Gruppe um Annabelle zu, sie strahlte ihn an.

„Hey, Wille, schön, dass du da bist. Ich würde sagen, dann gehen wir mal rein und fangen mit unserem Treffen an." Wie zufällig berührte sie seine Hand und signalisierte ihm, ihr zu folgen. Wille durchlief ein Schauer. Annabelle ging direkt zur Bühne, wo ein Mikro stand, und forderte die Schülerinnen und Schüler auf, möglichst nach vorne zu kommen, damit die draußen Stehenden auch Platz finden konnten.

Wille schaute zu Annabelle hoch. Es war toll, sie so zu sehen und immer wieder durch kurze Blickwechsel zu spüren, dass sie ihn besonders beachtete.

„Hey Leute, cool, dass ihr da seid. Welche Schulen sind dabei? Könnt ihr euch mal kurz melden?"

Nach und nach stellten sich die Sprecherinnen und Sprecher der Schulen vor, die Lupo-Schule, die Deegfeld-Oberschule, die Freiherr-vom-Stein-Oberschule, die Berufsschulen, die Gymnasien und sogar einige Grundschulen waren vertreten. Annabelle erklärte, wie alles ablaufen sollte und wer auf der Auftaktkundgebung auf den verschiedenen Stationen der Demo noch Reden halten würde.

„Liebe Leute, zur Auftaktkundgebung auf dem Marktplatz werde ich euch begrüßen und dann hatten wir ja vereinbart, dass Pastor Enno Dierks sprechen soll. Er ist ein super Typ und hat uns bisher schon viel geholfen. Danach geht es los, wir gehen mit der Demo über die Lingener Straße bis zum Stadtring, dann weiter bis zur van-Delden-Straße vor der Kreisverwaltung und da ist dann die nächste Rede. Zugesagt haben der Stadtelternrat und die Antirassistische Initiative. Benno, bist du da?"

„Ja, geht klar, Annabelle!", rief Benno, der irgendwo hinten in der Menge stand."

„Ist vom Elternrat jemand da?"

„Nein, aber ich habe eine App bekommen, sie werden auf jeden Fall eine Rede vorbereiten!", rief Ole und hob den Daumen.

Der Abschluss der Demo sollte auf dem Büchereiplatz stattfinden, wo noch einmal Annabelle reden würde und eventuell auch der Bürgermeister der Stadt, Thomas Berling. Immerhin hatte er die Fridays for Future-Gruppe schon lange vor dem geplanten Termin zu einem Treffen im Rathaussaal eingeladen. Daran hatten auch einige Politikerinnen und Politiker aus dem Stadtrat sowie Leute aus der Verwaltung der Stadt Nordhorn teilgenommen und ihre Hilfe zugesagt.

Sie besprachen noch viele Einzelheiten, die zu beachten waren. Zum Beispiel legten sie die Liste der Ordner fest, die die Demonstration begleiten sollten, verteilten gelbe Jacken und Armbinden mit der Aufschrift *Ordner*, damit sie sofort zu erkennen waren. Patrick und Lars erklärten, dass sie für die Technik sorgen würden, sie hätten bereits Mikros, Lautsprecher und Megafone geliehen und würden auch für einen rechtzeitigen Aufbau auf dem Marktplatz sorgen. Alles lief gut, sodass Annabelle früher als geplant das Treffen beenden konnte.

„Okay, wenn niemand mehr Fragen hat, dann machen wir jetzt Schluss und ich wünsche uns allen am Freitag einen super Verlauf der Demo und der Kundgebungen."

Bei donnerndem Applaus verließ sie die Bühne und reihte sich in die Menge der sich aus der Scheune schiebenden Teilnehmerinnen und Teilnehmer des Vorbereitungstreffens ein. Wille war schon vor ihr nach draußen gegangen und wartete auf sie auf dem Parkplatz. Er war gespannt, ob Annabelle mit dem Ablauf des Treffens zufrieden war.

Sie strahlte, als sie ihn erreicht hatte, und hakte sich unbefangen bei ihm ein. Ganz nah kam sie ihm mit ihrem Gesicht und wollte ihm offensichtlich einen Kuss geben, aber bevor es dazu kam, stellten sich auch Andy, Lars, Patrick und Ole zu ihnen.

„Hey, Annabelle, super gemacht", meinte Lars, auch die anderen nickten anerkennend. „Wollen wir noch ins Jugendzentrumscafé gehen und etwas trinken?", schlug er vor. Sie setzten sich an einen der Tische und Lars holte für alle Cola. „Jetzt sag doch mal, wie es um den Fall mit der gestohlenen Bibel steht?", wollte Lars wissen.

Wille räusperte sich, denn er hatte vergessen, Annabelle zu erzählen, dass Watermann versucht hatte, die drei für seine eigenen Recherchen zu engagieren.

Annabelle riss die Augen auf. „Woher wisst ihr das?", fauchte sie.

Lars beruhigte sie und erklärte ihr die Hintergründe, vor allem, dass sie abgelehnt hatten, für Watermann zu arbeiten.

„Okay", nickte Annabelle, „dann sind wir ja ab jetzt eine richtige Detektivgruppe, die sechs Fragezeichen sozusagen."

Andy war weiterhin nicht sonderlich begeistert davon, mit Lars, Ole und Patrick zusammenzuarbeiten. „Es gibt noch nichts Neues", knurrte er. „Wisst ihr was?"

Lars nickte. „Watermann hat sich bei uns noch mal gemeldet. Angeblich hat er Kontakt zu dem Bibeldieb."

„Was?", riefen alle anderen wie aus einem Mund. „Wie kommt der denn dazu?"

„Er hat einen Informanten aus der Unterwelt. Eventuell ist der Bibeldieb am Freitag in Nordhorn, er bedroht wieder Annabelle wie beim Fest der Kulturen. Watermann glaubt, dass er sie vielleicht entführen will, um den Druck auf ihre Mutter zu erhöhen."

„Seit wann weißt du das?", fragte Annabelle mit tonloser Stimme.

„Seit einer Stunde, kurz vor unserem Treffen hier hat Watermann mich angerufen."

„Und was will Watermann jetzt von euch?", fragte Andy.

„Wir sollen Annabelle im Auge behalten und ihm jede Annäherung einer unbekannten Person melden. Er will unbedingt Fotos von dem Entführer haben."

„Das ist echt voll karrieregeil!", entfuhr es Andy. „Ich habe doch gesagt, auf den sollten wir uns nicht mehr einlassen!"

Die anderen nickten.

„Vielleicht ist es schlauer, ihn weiter als Spürnase zu nutzen", überlegte Wille laut, „er hat Kontakte, die wir nicht haben."

„Da ist was dran", meinte Annabelle, „dass mich einer abgreifen will, wissen wir schließlich auch von ihm."

„Also gut, und wie stellen wir das jetzt an?" Andy hatte sich wieder beruhigt, denn er wusste genau, dass Wille immer für einen vernünftigen Plan gut war.

„Hm", meinte Wille, „ich schlage vor, wir rufen ihn an und werden ihm in seinem Büro mal wieder einen Besuch abstatten. Schließlich glaubt er ja, an uns vorbei arbeiten zu können. Verabredet war ja etwas anderes. Aber wir müssen am Freitag unbedingt dafür sorgen, dass dir nichts passieren kann. Und da kann uns nur einer helfen: Vennegerts."

„Die Idee ist gut, vielleicht kommen wir dann mit unseren Recherchen weiter und kriegen heraus, wer dahintersteckt."

Annabelle sah Wille herausfordernd an, Angst schien sie keine zu haben. Im Gegenteil, es schien ihr sogar Spaß zu machen, dass endlich Bewegung in die Sache kam. „Okay, am besten rufst du Watermann sofort an, dann gehen wir morgen bei ihm vorbei, heute ist es zu spät." Dabei legte sie ihre Hand auf Willes, ihm wurde abwechselnd heiß und kalt. Aber wegziehen wollte er seine Hand auf keinen Fall, es gab einfach kein besseres Gefühl.

„Also, Wille, was ist jetzt? Wille? Wille!" Andy holte seinen Freund aus seinen Träumen zurück.

„Genau", murmelte Wille.

„Genau was? Nimm dein Telefon, Wille, du wählen Nummer von Watermann."

„Ja, sag ich doch!" Wille wurde wieder klar im Kopf. Er griff zu seinem Handy, Watermanns Nummer war eingespeichert, das Telefon stand auf laut.

„Watermann, Grafschafter Bote", meldete er sich.

„Herr Watermann, ich bin es, Wille. Wir müssen uns sprechen."

Watermann antwortete nicht.

„Herr Watermann?"

„Ach, hallo, Wille, schön vor dir zu hören. Was gibt es Neues?"

„Das wollte ich eigentlich Sie fragen. Ich glaube, Sie sind uns da einiges schuldig. Wir hatten doch vereinbart, dass Sie sich melden, wenn Sie was herausbekommen. Und jetzt höre ich, Sie hätten von einem Kontaktmann erfahren, dass der Bibeldieb in Nordhorn auftauchen will, um Annabelle zu entführen. Warum wissen wir nichts davon?"

„Na ja", stotterte Watermann etwas verlegen, „das kann ich nicht sofort weitergeben, als seriöser Journalist muss ich die Informationen ja erst mal prüfen."

„Wenn prüfen aber bedeutet, andere damit zu beauftragen, Annabelle zu beobachten, ohne uns einzuweihen, dann finde ich das nicht gerade toll."

„Okay, tut mir leid, aber ich hätte euch schon noch informiert, das müsst ihr mir glauben."

„Das glauben wir Ihnen aber nicht", entgegnete Wille.

Kaum hatte Wille den Satz ausgesprochen, entriss ihm Andy das Handy. „Und wenn Sie glauben, das könnten Sie noch einmal versuchen, ist es mit Ihrer Journalistenkarriere endgültig vorbei, dann werde ich Ihre Beteiligung an dem Ungeheuer vom Vechtesee jedem erzählen, ob er es hören will oder nicht! Also jetzt mal genauer: Was ist das für ein Typ, der sich am Freitag an Annabelle heranmachen will?"

„Lars, Ole und Patrick haben also geplaudert", stellte Watermann fest.

„Die haben nicht geplaudert, sondern die haben uns informiert über das, was Sie so anstellen! Jetzt raus mit der Sprache, was soll am Freitag passieren?"

„Also", begann Watermann nach einigem Zögern, es ist so, mein Informant hat mir bei einem Treffen mitgeteilt, dass der Bibeldieb aus Düsseldorf kommt und den Druck auf Annabelles Mutter erhöhen will."

„Ja, das wissen wir schon, jetzt lassen Sie sich nicht alles aus der Nase ziehen", antwortete Andy ärgerlich.

„Er will während der Fridays for Future-Demo versuchen, Annabelle zu entführen."

„Wie bescheuert ist das denn? Das geht doch gar nicht, sie ist eine der Hauptaktivistinnen, das kriegen doch alle mit."

„Nicht, wenn er sie zwingt, ihm zu folgen, da gibt es einige Möglichkeiten, unauffällig zu verschwinden während einer Kundgebung am Kreishaus oder zur Abschlusskundgebung auf dem Büchereiplatz."

„Wie sieht der Typ aus?"
„Das weiß ich natürlich nicht."
„Na gut, dann wollen wir Ihnen mal glauben. Aber auf jeden Fall treffen wir uns am Freitag auf dem Marktplatz, Sie werden mit uns zusammen an der Demo teilnehmen."
„Ja, alles klar. Wo genau treffen wir uns?"
„Im hinteren Teil des Marktplatzes, vor dem Eingang des Gemeindehauses."
„Okay, dann bis übermorgen." Andy legte auf und gab Wille das Handy zurück.
„Was machen wir jetzt?", fragte Ole.
„Wie besprochen, wir reden mit Vennegerts." Wille öffnete das Telefonbuch im Handy und wählte seine Nummer.
„Hier ist die Kriminalpolizei, Sie sprechen mit Ludger Vennegerts."
„Hallo, Herr Vennegerts, hier ist Wille."
„Wille, schön dich zu hören. Was gibt es?"
Wille berichtete ihm von den neusten Erkenntnissen und all dem, was sie von Watermann erfahren hatten. „Das ist ein Ding", antwortete Ludger Vennegerts, „gut, dass du die Polizei einweihst. Jetzt wird es richtig gefährlich. Annabelle braucht Polizeischutz. Und den Watermann werde ich mir jetzt doch mal ernsthaft vorknöpfen, dieser Superjournalist geht mir schon lange auf die Nerven. Hör zu, ihr macht jetzt so weiter, wie geplant, zieht eure Kundgebung und die Demo am Freitag durch, meine Leute werden offiziell und verdeckt dabei sein. Wenn der Typ wirklich auftaucht, werden wir ihn schon kriegen."
Wille legte auf und schaute in die Runde. „Alles klar?", fragte er.
„Ja, alles klar", nickten die anderen.
„Dann lasst uns gehen, wir treffen uns am Freitag wie geplant."
Sie standen auf und verabschiedeten sich draußen voneinander wie eine verschworene Gemeinschaft. Wille hätte nicht gedacht, dass Ole, Lars und Patrick mal irgendwie Kumpel werden könnten. Auch wenn Andy das sicher noch anders sah, aber hier könnte sich eine neue Freundschaft entwickeln. Sie klatschten einander, aber Wille und Annabelle zögerten noch. Andy verstand sofort, er würde jetzt nicht mit seinem Freund nach Hause fahren. Annabelle hatte sicher noch was Wichtiges mit Wille zu besprechen.
„Also Alter, dann bis Freitag!", rief er seinem Freund zu. Wille war froh, Andy wusste immer genau, wann es besser war, zu verschwinden.
Wille und Annabelle fuhren gemeinsam zur Villa von Pruselitz.

Die Fridays for Future Demonstration

Der Freitag kam schnell. Wille hatte das Gefühl, den Donnerstag gar nicht erlebt zu haben, obwohl er ganz normal in der Schule war, seine Hausaufgaben zu Hause gemacht und am Abend mit seinen Eltern Abendbrot gegessen hatte. Als er sich in sein Zimmer zurückzog, wunderte sich seine Mutter zwar, dass er so früh schlafen gehen wollte, aber weitere Fragen stellte sie nicht. Wille wollte noch kurz mit Andy sprechen, der ging aber nicht ans Telefon, sodass er ihm eine App schrieb:

Hey, Andy, danke, dass du gestern so schnell verduftet bist. Ich war mit Annabelle noch bei ihr zu Hause. Sie ist super. Ich bin wirklich voll verknallt, ihre Mutter ist nicht mein Typ. Aber du hast sie ja auch schon kennengelernt. Bis morgen dann um eins vor dem Gemeindezentrum.

Wille drückte auf *Senden*, zog sich den Schlafanzug an und legte sich in sein Bett.

Am nächsten Morgen war er schon vor dem Weckerklingeln seines Handys wach. Seine Eltern saßen bereits am Frühstückstisch.

„Guten Morgen, Junge." Obwohl sein Vater sein Gesicht hinter dem Grafschafter Boten versteckte, hatte er Wille kommen hören.

Seine Mutter goss ihm ein Glas Milch ein, das Wille in einem Zug leer trank „Gut geschlafen?", fragte sie.

„Ging so", murmelte Wille und bestrich sich ein Brot mit Margarine, legte sich eine Scheibe Käse darauf und biss herzhaft hinein.

„Was liegt heute an? Schreibst du noch eine Arbeit, bevor es zu der Demo geht?"

„Nein, ganz normaler Unterricht. Um Viertel vor eins treffen wir uns auf dem Schulhof und dann geht es los."

„Bei wem habt ihr denn in der sechsten Stunde Unterricht?"

„Bei Diepmann, der wird aber kein Theater machen, wenn wir gehen. Er hat schon versprochen, sobald wie möglich nachzukommen. Offiziell darf er ja nicht. Aber Diepmann lässt sich nicht einfach so etwas vorschreiben."

„Na, dann wünsche ich euch viel Erfolg! Und pass auf dich auf. Bitte keinen Unsinn machen." Seine Mutter machte sich zwar Sorgen, aber gleichzeitig war sie auch stolz auf ihren Sohn. Sie fand es wirklich toll, dass er sich engagierte. Auch sein Vater stand hinter Wille und der Klima-Demo und wollte sogar früher Feierabend machen, um ebenfalls teilzunehmen.

Nachdem Wille sein Frühstück beendet hatte, stand er auf, griff seinen Schulrucksack und machte sich auf den Weg. Wille machte sich über den Ablauf der Demo keine Gedanken, er war vor allem angespannt wegen des geplanten Entführungsversuchs des Bibeldiebs, gleichzeitig aber froh über den Polizeieinsatz, den Ludger Vennegerts mit Sicherheit perfekt vorbereitet hatte.

Auf dem Schulhof warteten schon die anderen auf ihn vor dem Eingang der Cafeteria. Sie hatten sich dort verabredet, um noch letzte Infos auszutauschen. Weil es nichts Neues ab, gingen sie in ihre Klassen und nahmen ganz normal am Unterricht teil. Wille hatte Mühe, sich auf den Unterricht zu konzentrieren. Es rauschte alles an ihm vorbei, er war froh, als die letzte Stunde erreicht war, denn Herr Diepmann würde sicher noch mit ihnen über die Demo sprechen. Seit Diepmann Mathe unterrichtete, freute er sich hin und wieder sogar darauf. Nicht wegen Mathe, aber wegen Diepmann, er war einfach nicht so langweilig wie seine früheren Mathelehrer.

Herr Diepmann betrat nach der Pause den Klassenraum und setzte sich hinter sein Pult. Ruhig und gelassen schaute er seine Schülerinnen und Schüler an. „Ich vermute, ihr seid jetzt nicht wirklich aufnahmefähig, oder?"

Die meisten nickten. Wille meldete sich. „Herr Diepmann, gehen Sie auch mit auf die Demo?"

„Würde ich gerne", antwortete er, „aber ich habe im Anschluss noch eine Stunde in der 6a, deshalb kann ich nicht sofort dabei sein, komme aber auf jeden Fall nach. Ihr wisst ja, offiziell haben wir Lehrer unsere Unterrichtsverpflichtung zu erfüllen. Aber wie sieht es bei euch aus? Gehen alle mit?"

„Ja", antwortete Wille stellvertretend für die Klasse, wir sind dabei."

„Das ist für uns alle klar", ergänzte Lina, die sich ebenfalls an der Demo-Vorbereitung beteiligt hatte, „deshalb verstehen wir nicht, warum der Schulleiter nicht allen nach der fünften Stunde freigibt."

„Ihr müsst ihn verstehen, das kann er nicht machen, weil er dann gegen das Gesetz verstößt."

„Es geht doch um unsere Zukunft."

„Da hast du recht, aber das Gesetz geht hier vor." Sie diskutierten noch eine Weile, bis es schließlich schellte. „Ich wünsche euch einen guten Start für die Demo, wir sehen uns dann später."

Alle sprangen auf, schon während der letzten Worte von Herrn Diepmann hatten sie begonnen, ihre Taschen zu packen.

Wille hatte sich mit Annabelle am Fahrradständer verabredet, denn Lars, Oliver und Patrick waren wegen der Technik schon vorgefahren.

„Und? Wie war es?", wollte Wille wissen.

Annabelle winkte ab. „Hör bloß auf. Wir hatten zum Schluss bei Leininger, du weißt ja, er hat trotz Direx gedroht, gleich einen Test schreiben zu lassen."

„So ein Spinner." Wille schüttelte den Kopf.

„Mir ist es egal, man muss eben Prioritäten setzen", sagte sie entschlossen, „also los, auf zum Marktplatz."

Wille nickte, dann schoben sie ihre Räder vom Schulhof und fuhren zum Marktplatz. Dort war bereits eine ganze Menge los, Wille hatte den Eindruck, dass der Platz bereits zur Hälfte mit Demonstranten gefüllt war. Da das evangelisch-reformierte Gemeindezentrum bereit war, die notwendige Technik und die Bühne zur Verfügung zu stellen, hatten es Lars, Oliver und Patrick nicht schwer, alles für die Auftaktkundgebung vorzubereiten.

Wille und Annabelle stellten ihre Räder am Eingang des Marktplatzes ab. Er hatte den Eindruck, dass Annabelle jetzt doch ein wenig nervös war, denn sie sagte kein Wort, kramte in ihrer Tasche nach ihrem Handy, auf dem sie den Text für ihre Begrüßungsrede gespeichert hatte, und ging mit Wille direkt zur Bühne. Dort trafen sie Watermann, bewaffnet mit Fotoapparat und Aufnahmegerät. Auch Andy und die Schülerinnen und Schüler von der Ludwig-Povel-Schule waren schon da.

„Hey, dann wollen wir heute mal so richtig loslegen!", rief Andy Wille begeistert zu und schlug ihm auf die Schulter. „Die Nummer rockt, total krass, wie viele schon gekommen sind, oder?"

„Ja, voll gut, sind von eurer Schule schon alle da?"

„Ich schätze ... so die Hälfte, nicht alle durften mitgehen. Wollten ihre Eltern oder auch manche Lehrer nicht!"

Annabelle war bereits ans Mikrofon getreten und begann mit ihrer Rede. „Warum stehen wir heute hier? Warum kriechen wir nicht einfach in unsere Betten zurück und bereiten uns im Winterschlaf auf die schrecklichen Zustände vor, die wir vermutlich in ein paar Jahren haben werden? Es ist dieser eine Funke Hoffnung, die Hoffnung darauf, dass sich alles noch zum Guten wenden lässt, wenn man nur laut genug schreit. Deshalb lasst uns alle zusammen so laut sein, dass ganz Deutschland uns hören kann. Die Welt muss wachgerüttelt werden. Und es gab bisher keine Jugend, die besser über das Klimathema Bescheid wusste. Ein erster Schritt ist getan. Wichtig ist, was auf der großen Klimakonferenz entschieden wird. Dafür müssen wir heute alles geben, denn der Bundesregierung fehlt der Mut. Es ist schockierend, dass ein Streik notwendig ist, um die Politik auf ihre Verantwortung hinzuweisen, der Frust wächst auch bei uns!"

Wille war beeindruckt und stolz auf Annabelle, gleichzeitig freute er sich darüber, selbst ein Teil der Gruppe zu sein, die das alles hier vorbereitet hatte.

Annabelle forderte die Menge jetzt auf, den Schlachtruf der Fridays for Future-Bewegung zu rufen: „Wir sind hier, wir sind laut, weil ihr uns die Zukunft klaut!"

Wille bekam Gänsehaut, so laut er konnte, fiel er ein und auch Andy, sein obercooler Freund, hielt sich nicht zurück.

Anschließend setzte sich die Menge in Bewegung. Es ging zunächst durch die Hauptstraße, die Fußgängerzone Nordhorns, hier hatten sich kirchliche Gruppen darauf vorbereitet, ein sogenanntes *Die-In* mit dem Titel *Die Erde stirbt* auf dem Boden durchzuführen, um so symbolisch auf den drohenden Klimatod der Erde hinzuweisen, während im Hintergrund der *Earth Song* von Michael Jackson laufen sollte. Wille und Andy waren gespannt, ob das klappen würde. Aber kaum waren die ersten Takte des Songs erklungen, legten sich alle bis auf einige ältere Teilnehmer auf das Pflaster der Straße und harrten dort zwei Minuten aus. Außer der Musik war nichts zu hören.

„Krass, voll laute Stille", dachte Wille und staunte, wie schnell die Zeit herum war und der Zug sich wieder in Bewegung setzte.

Es ging weiter zum Stadtring. Jetzt legten sich vor allem die Schülerinnen und Schüler des Gymnasiums ins Zeug.

Wieder schallte es aus den Mündern der Streikenden: „Wir sind hier, wir sind laut, weil ihr uns die Zukunft klaut!"

Wille und Annabelle wechselten sich mit dem Megafon ab und feuerten die Demoteilnehmer nach Leibeskräften an, die Lehrer, die noch unterrichteten, sollten wissen, dass es heute Wichtigeres als Schule gab. Als der Zug in die van-Delden-Straße einbog, weil dort weitere Reden geplant waren, durchzuckte es Wille wie ein Blitz. Es ging schließlich hier nicht nur um die Demo, sondern auch darum, Annabelle zu schützen. Hier, vor der Kreisverwaltung und am Schwarzen Garten, einer zentralen Gedenkstätte für die Kriegsgefallenen sowie die rassisch und politisch Verfolgten der Stadt Nordhorn, war es durchaus möglich, dass der eventuelle Entführer versuchen würde, Annabelle in seine Gewalt zu bringen. Natürlich hatten Wille und Andy jetzt kein Ohr mehr für die Redner.

„Am besten bleibst du hier bei Annabelle und ich gucke mich am Schwarzen Garten um, da könnte sich dieser Typ ohne weiteres verstecken."

Wille nickte. „Okay, aber Vennegerts und ein paar seiner Polizisten sind auch in der Nähe. Eigentlich kann da nichts schiefgehen."

„Weiß man es?" Andy zog die Schultern hoch und wandte sich in Richtung Schwarzer Garten.

Wille wich Annabelle nicht von der Seite und ihr schien es zu gefallen. „Am besten bleiben wir hier bei der Rednertribüne, dann kann dir nichts passieren", schlug Wille vor.

Sie nickte und lächelte ihn an. „Hast recht", antwortete sie, „aber ich muss noch eben dahinten am Parkplatz der Kreisverwaltung meine Mutter treffen. Sie hat mir eine Whatsapp geschickt und will mir unbedingt was Wichtiges sagen."

Wille spitzte die Ohren. „Und warum hat sich dich nicht angerufen?"

Annabelle zuckte mit den Schultern. „Keine Ahnung, Mama ist halt ab und zu etwas komisch."

„Aber ich gehe mit", entgegnete Wille.

„Ach was, sie will nur mit mir sprechen, mach dir keine Sorgen." Sie warf noch einen Blick auf ihr Handy und drängelte sich dann durch die Menge zum Parkplatz, der um diese Zeit voller Autos stand.

Wille war beunruhigt, aber er konnte ihr kaum folgen. Suchend drehte er sich nach Ludger Vennegerts um. Hatte der Hauptkommissar gesehen, dass Annabelle zu dem Parkplatz wollte? Aber weder Vennegerts noch Annabelle konnte er entdecken. Plötzlich hörte er einen lauten Schrei. Es war Annabelle. Die Stimme kam aus Richtung des Stadtrings.

„Lass mich in Ruhe, du Idiot, Finger weg oder ich rufe die Polizei!"

Im nächsten Augenblick ertönte ein Stöhnen. Diesmal war es eine Männerstimme. Wille spurtete los, mit einem Seitenblick nahm er wahr, dass Ludger Vennegerts Annabelles Hilferuf offenbar auch gehört hatte. Jetzt sah Wille sie, gleichzeitig floh ein Mann über die Rasenumrandung des Parkplatzes auf die Straße, überquerte sie leicht humpelnd, sprang in ein weißes Auto, das vom Ootmarsumer Weg kommend bei Rot auf den Stadtring eingebogen war und nun mit quietschenden Reifen losraste, um vermutlich über die Denekamper Straße nach Holland zu entkommen. Vennegerts und Wille erreichten Annabelle, die fassungslos auf dem Parkplatz stand und dem fliehenden Wagen hinterher sah.

„Was ist passiert?" Atemlos und in großer Sorge nahm Wille Annabelle in den Arm. Sie wehrte ihn nicht ab, im Gegenteil, sie schmiegte sich an ihn und legte ihren Kopf an seine Schulter, weinte ein wenig, hatte sich aber schnell wieder beruhigt.

„Annabelle, konntest du die Nummer des Wagens erkennen?", wollte Vennegerts wissen.

„Nur dass es keine Nordhorner Nummer war. Ich glaube, das Auto kam aus Düsseldorf, es war ein D am Anfang."

„Und der Typ, kannst du den beschreiben? Es muss jetzt schnell gehen, dann kann ich ihn zur Fahndung ausschreiben lassen!"

„Ehrlich gesagt – nicht gut, er kam von hinten, hat mich gepackt, mir den Mund zugehalten und wollte mich Richtung Straße ziehen."

„Und wie hast du dich befreit?", wollte Wille wissen.

„Ich habe ihm voll auf den Fuß getreten, dann hat er losgelassen. Er war ziemlich groß, hatte schwarze Haare und einen Vollbart, mehr konnte ich nicht erkennen. Er trug eine grüne Jacke, so eine Art Soldatenjacke mit Schulterklappen. Na ja, dann kam das Auto, vielleicht ein Golf oder so, und er ist reingesprungen."

Vennegerts nickte und informierte mit seinem Handy die Kollegen. An den Sirenen hörte man, dass sie offenbar sofort die Verfolgung aufgenommen hatten. „Mädchen, Mädchen, da hast du uns aber einen Schreck eingejagt", seufzte Vennegerts. Auch Wille nickte heftig und drückte Annabelle fest, bis sie sich energisch löste.

„Okay, ab jetzt nehme ich die ganze Sache erst recht persönlich", stieß sie hervor. „Los, Wille, wir gehen jetzt zurück zu den anderen, die Demo müssen wir vernünftig zu Ende bringen. Und dann muss ich ein ernstes Wort mit meiner Mam sprechen." Energisch marschierte Annabelle los, auch Ludger Vennegerts konnte sie nicht mehr aufhalten.

Wille blieb nichts anderes übrig, als ihr zu folgen, denn die Demo hatte sich längst auf den Weg weiter in Richtung Büchereiplatz gemacht. Gerade noch rechtzeitig erreichten sie den Platz, wo sich die Teilnehmenden dicht an dicht drängten und zu Protestliedern klatschten, die in großer Lautstärke über eine auf einem Transporthandkarren mitgeführten Lautsprecheranlage abgespielt wurden. Es war Annabelles Aufgabe, die Demo offiziell zu beenden.

Sie nahm das Mikrofon in die Hand und als die Musik abgeschaltet war, begann sie ihre Abschlussrede. „Liebe Leute, ich bin total hin und weg über euer Engagement. Ihr wart großartig, nach den offiziellen Zahlen der Polizei waren wir heute mehr als 2000 Leute. Wir haben der Politik ein klares Signal gegeben. So wie bisher geht es nicht weiter. Wir müssen mehr tun, um das 1,5 Grad Ziel zu erreichen, wenn wir es denn überhaupt noch schaffen. Nur dann wird es uns gelingen, die weitere Erwärmung der Erde zu stoppen." Noch einmal stimmte Annabelle den Schlachtruf der FFF-Bewegung an: „Wir sind hier, wir sind laut, weil ihr uns die Zukunft klaut!" Sofort stimmte die Menge ein, wiederholte ihn mehrfach, bis sie sich schließlich auflöste.

Wille war unglaublich stolz, bei der Vorbereitung dabei gewesen zu sein. Ihm gingen aber auch sorgenvolle Gedanken durch den Kopf. Die Beinahe-Entführung von Annabelle hatte ihm einen ganz schönen Schrecken eingejagt.

Onkel Werner greift ein

Während er grübelte, hatte sich Andy unbemerkt von hinten genähert und ihm kräftig auf den Rücken geschlagen. „Mann, das war doch mega, oder?"

„Ja, stimmt, war echt toll. Schade, dass mein Vater nicht dabei sein konnte, hat wohl doch keinen Urlaub bekommen."

„Kannst ihm ja nachher alles erzählen, ich bin übrigens froh, dass mein Alter nicht da war", meinte Andy, „hätte ihm sonst eventuell vor allen Leuten eine reingehauen." Er merkte, dass Willes Blick suchend umherschweifte. „Suchst du Annabelle? Hast wohl wieder Sehnsucht. Wo wart ihr denn die ganze Zeit?"

Wille erzählte ihm, was auf dem Parkplatz passiert war.

„Krass, die Typen sind ja hart drauf, aber gut, dass Vennegerts alles mitbekommen hat."

Wille nickte. „Stimmt, aber ich schätze, wir sollten es deinem Onkel erzählen, er ist der Einzige, der uns jetzt helfen kann. Wenn ich daran denke, wie er in Bad Iburg dem Neffen aus den USA gezeigt hat, was eine Harke ist. Das war schon cool. Wofür so ein dicker Bauch gut sein kann."

Beide mussten grinsen, denn bei ihrem letzten Fall, als es um das Ungeheuer vom Vechtesee ging, hatte Onkel Werner gezeigt, wie stark er war, und seinen Bauch als Waffe eingesetzt.

„Wann hat dein Onkel denn heute Feierabend?"

„Eigentlich müsste er schon zu Hause sein. Er hatte Frühschicht, wir können also gleich bei ihm vorbeifahren. Heute Abend gehen wir ja sowieso mit ihm in die Disco von Annabelles Mutter."

„Okay, ich sage noch Annabelle Bescheid, dann können wir los." Wille sah sich nach ihr um. Annabelle räumte gerade mit den anderen die Reste der Kundgebung weg, die Lautsprecheranlage war schon abgebaut und stand auf dem kleinen Handwagen. Auch die Plakate und Transparente waren fast alle gestapelt und zusammengerollt. Wille ging auf sie zu. „Hey, Annabelle, Andy und ich müssen jetzt gehen, wir wollen mit seinem Onkel sprechen, wie wir weiter vorgehen können."

„Okay, aber wieso ohne mich? Ich will dabei sein."

„Ich dachte, du hast keine Zeit wegen der Aufräumarbeiten."

„Erstens sind wir gleich fertig und zweitens geht es mich ja schon einiges an, denn mich hat dieser Typ entführen wollen, nicht dich!"

Wille war verdutzt. Er hatte Annabelle nicht ausschließen wollen und ihm leuchtete ihr Argument natürlich ein, aber er wusste auch, dass sie als Dreierteam noch nicht viel Erfahrung hatten und er und Andy eben ein ziemlich eingespieltes Team waren. Also entschuldigte er sich bei ihr. „Gut, tut mir leid. Gehst du dann nach dem Aufräumen mit? Ich helfe dir auch noch."

Annabelle nickte und gemeinsam mit Andy suchten sie die letzten Sachen zusammen. Lars, Patrick, Ole und die anderen aus der Vorbereitungsgruppe wollten sich darum kümmern, alles zum Jugendzentrum und in das Gemeindezentrum zu bringen, wo sie die Sachen lagern und für die nächste FFF-Demo nutzen konnten.

„Okay, das wars", meinte Andy, „auf zu Onkel Werner."

Sie liefen zum Stadtring-Gymnasium zurück, um dort ihre Räder zu holen. Die Schultaschen hatten sie vor Beginn der Demo in Fächern in der Mensa eingeschlossen. Sie wollten gerade los, als Willes Handy klingelte. „Es ist Watermann", sagte er, bevor er das Gespräch annahm.

Andy verdrehte die Augen. „Sag ihm bloß nicht, was wir für Infos haben", zischte er.

Wille zuckte mit den Schultern. „Herr Watermann", sagte er freundlich, „was kann ich für Sie tun?"

„Ja, ja, ist gut", antwortete Watermann, „ich glaube, ich kann eher was für euch tun. Ich habe Neues von dem Bibeldieb."

Wille sah Annabelle und Andy an.

„Aber vorher brauche ich von euch ein Interview über die Demo und vor allem über den Entführungsversuch."

„Warten Sie, Annabelle, Andy und ich sind gerade auf dem Schulhof, wir wollen zu Andys Onkel fahren. Ich stelle mal auf laut."

Andy winkte ab, er hatte keine Lust, mit Watermann zu sprechen, aber Wille hatte sein Handy schon auf laut gestellt.

„So, was genau wissen Sie denn?"

„Langsam, langsam, nicht am Telefon, wann und wo können wir uns treffen?"

„Kommen Sie einfach zu meinem Onkel, Sie wissen ja, Kanalweg, wo wir nach dem Ungeheuer-Fall grillen waren. Da können wir reden, am besten sofort."

„Ja, gerne", antwortete Watermann ein wenig überrascht, „damit hatte ich gar nicht gerechnet. Also dann bis gleich."

Wille und Annabelle sahen Andy fragend an. „Okay, scheint sich ja doch zu lohnen mit dem Pressefritzen zu quatschen. Dann lass uns fahren."

Sie radelten auf schnellstem Wege zum Kanalweg, Wille und Annabelle folgten ihm mit einigem Abstand.

„Wo seid ihr geblieben?", fragte Andy, der bereits vor dem Reihenhaus von Onkel Werner wartete.

„Na, hinter dir her. Aber du bist ja gefahren wie ein Irrer."

Andy schüttelte den Kopf, dann drückte er auf Onkel Werners Klingel. Es dauerte nicht lange, bis seine mächtige Gestalt durch das milchige Glas der Eingangstür zu erkennen war. „Hey, meine Freunde Wille und Andy. Und eine junge Dame. Das ist ja eine schöne Überraschung", dröhnte seine mächtige Stimme, nachdem er die Tür mit kräftigem Schwung geöffnet hatte. „Kommt herein, wir gehen auf die Terrasse. Bin gerade beim Essen."

Sie folgten ihm und nahmen auf der Hollywood-Schaukel Platz, während Onkel Werner sich ächzend auf seinem Stuhl niederließ und sich wieder an sein Essen machte.

„Ach, ich unhöflicher Kerl, sicher habt ihr Durst. Andy, im Kühlschrank steht noch Apfelsaft, Wasser in dem Kasten im Abstellraum. Holst du was für deine Freunde?"

„Ach, nein, so großen Durst haben wir gar nicht, Onkel Werner", antwortete Andy, „wir wollten dich was Wichtiges fragen. Außerdem kommt gleich Wolf Watermann vorbei, er hat neue Infos zu unserem Fall."

Onkel Werner ließ sich beim Essen nicht stören. Wille und Andy kannten seine Konzentration auf das Essen, aber Annabelle rutschte auf der Hollywoodschaukel hin und her, sie traute sich jedoch nicht, ihre Ungeduld Onkel Werner gegenüber zu erkennen zu geben. Stattdessen sah sie erwartungsvoll Andy und Wille an.

Nachdem Onkel Werner seinen Teller leer gegessen hatte, wanderte sein Blick von einem zum anderen. „Also, dann mal der Reihe nach: Was ist passiert?"

Andy und Wille berichteten ihm alles über die Entführung, die Demo und die damit verbundenen Vorbereitungen. Auch dass Lars, Ole und Patrick jetzt auf ihrer Seite waren, erzählten sie.

„Und was ist mit dir, Annabelle", fragte Onkel Werner freundlich,

„bist du jetzt Klient, also Kunde der beiden Superdetektive hier, oder Teil des Teams?"

„Wohl beides", antwortete Annabelle, „aber mehr Teil des Teams als Klient. Ich will diesen Typen, der mich umgehauen und versucht hat, mich zu entführen, unbedingt kriegen." Entschlossen sah sie Onkel Werner an. Sie fand ihn nett und konnte sich gut vorstellen, mit ihm zusammenzuarbeiten.

„Schön, dann herzlich willkommen in der Detektei Wille und Andy, ab und zu arbeite ich auch für die beiden, ich bin so eine Art erwachsener Assistent, wenn für regelmäßige Mahlzeiten gesorgt und hier und da ein Auto gebraucht wird."

„Genau, Onkel Werner hat einen uralten Audi 100 mit super Mukke", erklärte Andy.

„Aber jetzt zu unserem rasenden Reporter." Onkel Werners Gesicht wurde wieder ernst. „Was will er und welche Informationen bringt er mit?"

„Er weiß angeblich etwas über die Bibel und wir sollen ihm von der Demo und dem Entführungsversuch erzählen", antwortete Wille.

Onkel Werner nickte. „Er ist ja wirklich nicht mein Typ, das sehe ich wie Andy, aber er kann uns auf jeden Fall nützlich sein. Es ist besser, ihn zum Verbündeten zu haben als zum Gegner."

Es schellte.

„Dann wird er das ja wohl sein, lass ihn rein, Andy!"

Mit finsterem Gesicht ging Andy in den Flur, um Watermann die Tür zu öffnen. Schweigend erschienen die beiden auf der Terrasse. Andy setzte sich wieder auf die Hollywood-Schaukel, während Watermann etwas unschlüssig stehen blieb.

„Setzen Sie sich doch", brummte Onkel Werner und wies auf den Stuhl neben sich. „Die drei hier haben Ihren Besuch schon angekündigt."

„Ja, ich danke sehr für die Einladung." Wie immer zeigte er sein leicht falsches Grinsen. „An den netten Grillabend hier auf Ihrer Terrasse nach dem Abschluss des letzten Falls erinnere ich mich gerne."

„Was wissen Sie über den Bibeldieb?", fuhr Andy dazwischen, dem jeder Versuch Watermanns, ein bisschen Small Talk zu machen, gegen den Strich ging.

„Gut, dann will ich mal loslegen. Unser Deal wegen des Interviews gilt noch?", wandte er sich mit fragendem Blick an Wille.

„Klar, abgemacht ist abgemacht", bestätigte Wille.

„Wie schon am Telefon gesagt, habe ich Neues über den Dieb. Ein Freund und Kollege von mir arbeitet in Düsseldorf bei der Rheinischen Post in der Kommunalredaktion."

„Hä, was soll das denn?", unterbrach ihn Andy. „Sie haben doch erzählt, der Kollege kam aus dem Ruhrgebiet. Außerdem wollte er in Meyers Wäldchen Kontakt aufnehmen. Sie spielen wie immer nicht mit offenen Karten, Herr Watermann!"

„Nun mal langsam, junger Mann, ich erkläre doch gerade, was passiert ist."

„Nennen Sie mich nicht junger Mann!", schnaubte Andy. „Ich sage ja auch nicht alter Mann zu Ihnen."

Wille legte seinem Freund beruhigend die Hand auf den Arm.

„Okay, Andy, entschuldige", lenkte Watermann ein, „das Treffen in Meyers Wäldchen ist abgesagt, das wollte ich ja gerade erklären. Der Termin passte ihm nicht. Deshalb habe ich den Freund angerufen, um mich zu erkundigen, ob es in Düsseldorf Leute gibt, die sich mit wertvollen Büchern auskennen."

„Und?" Annabelle wurde unruhig.

„Mein Freund hat einen Kontaktmann, der etwas über gestohlene Bibeln wusste. Die Diebe hatten einen Auftrag aus der Grafschaft, aus Neuenhaus."

„Wieso aus der Grafschaft?" Andy und Wille sahen Annabelle an.

„Wenn ich das wüsste, hätte ich das natürlich schon längst erzählt." Sie schüttelte den Kopf.

„Wir wollen doch heute Abend in diese Disco von Frau von Pruselitz gehen. Kann es sein, dass die Betreiber der Riesendiskothek in Neuenhaus, dieses Projekt-Z, dahinterstecken?", schaltete sich jetzt Onkel Werner ein.

„Kann sein, kann nicht sein", antwortete Annabelle laut, „ich glaube, meine Mutter und der Chef dieses Ladens können nicht wirklich gut miteinander, sie schimpft oft über ihn und hält ihn für einen miesen Typen."

„Okay, das klingt interessant. Der Besitzer des Ladens heißt, glaube ich, Tom de Ligt, er kommt aus Amsterdam. Ich hatte auch mal das *Vergnügen* mit ihm. Wir sollten in seinem Laden mit der Band auftreten, aber er wollte so wenig Gage zahlen, dass wir die Sache abgesagt haben. Das ist eine Spur, der wir nachgehen sollten", sagte Onkel Werner.

„Stimmt", nickte Wille, „jetzt ist es erst recht wichtig, heute Abend in die Disco deiner Mutter zu gehen, Annabelle. Sollte dieser de Ligt

dahinterstecken, müssen wir ja wissen, was an den Vorwürfen dran ist."
„Meine Auftraggeberin hat mir gegenüber bisher kein Wort von dem de Ligt gesagt", wunderte sich Watermann.
„Tja, das macht sie irgendwie verdächtig, oder?", überlegte Andy.
„Quatsch, meine Mam macht sich deshalb überhaupt nicht verdächtig", fuhr Annabelle ihn an, „das heißt nur, „dass sie nicht so ein mieser Typ ist wie de Ligt!"
„Ich finde auch, dass wir jetzt nicht damit anfangen sollten, einfach so Verdächtigungen in die Welt zu setzen", schaltete sich Wille ein, „besser, wir überlegen, wie wir weiter vorgehen."
Die anderen nickten zustimmend.
„Sorry, ist mir halt so rausgerutscht", murmelte Andy.
„Bevor ihr darüber nachdenkt, bestehe ich aber auf mein Interview zu der Entführung. Und ich will Antworten von euch zu euren Recherchen", betonte Watermann und sah Wille scharf an.
„Okay, Herr Watermann, ich würde sagen, Annabelle und ich reden mit Ihnen, Andy und Onkel Werner besprechen, wie wir weiter vorgehen können."
„Geht ihr dann mal für das Interview in die Küche", schlug Onkel Werner vor. „Andy, wir beide bleiben hier, ich habe eine Idee."
Wille, Annabelle und Watermann erhoben sich und wechselten in Onkel Werners Küche.
„Wollt ihr was trinken?" Wille holte eine Flasche Apfelsaft und Mineralwasser aus dem Abstellraum. Gläser standen auf dem Regal. Er war inzwischen schon so oft hier gewesen, dass er sich gut auskannte.
„Okay", begann Annabelle, „was wollen Sie wissen?" Genervt sah sie Watermann an.
„Erzähl mir bitte genau, wie es zu der Entführung gekommen ist."
Watermann sog jedes noch so kleine Detail auf, das Annabelle erzählte und machte sich eifrig Notizen. Ab und zu wandte er sich an Wille, weil er natürlich auch erfahren wollte, wie er Annabelle geholfen hatte.
„Eins bleibt aber wichtig, Herr Watermann", meinte Wille schließlich, „das dürfen Sie erst verwenden, wenn wir den Fall gelöst haben. Sonst kriegen Sie Ärger mit Vennegerts. Denn dann behindern Sie ja die Arbeit der Polizei."
„Schon klar, ich will mir natürlich keinen Ärger einhandeln. Aber irgendwie habe ich das Gefühl, dass die Entführer dich genau kannten. Also steckt wirklich de Ligt aus Neuenhaus dahinter?"
Annabelle schüttelte den Kopf. „Der Typ kennt mich gar nicht."

„Aber er hat die Möglichkeit, Leute auf dich anzusetzen oder sie auszuhorchen."

„Da ist was dran", stimmte Wille zu, „irgendwie müssen wir herausfinden, ob es wirklich eine Verbindung zwischen de Ligt und diesen Typen aus Düsseldorf gibt. Können Sie Ihren Kollegen von der Rheinischen Post da noch mal genauer nachfragen lassen?"

„Klar, mache ich."

Nachdem Annabelle und Wille Watermann auch noch zu dem Ablauf und der Vorbereitung der Demo berichtet hatten, verließen sie die Küche und gingen wieder zu Onkel Werner und Andy auf die Terrasse.

„Alles besprochen?", fragte Andy.

„Gut so, dann stellen wir euch mal unseren Plan vor. Also: Wir gehen ja heute Abend in die Disco deiner Mutter, Annabelle. Weil wir vermuten, dass de Ligt hinter der ganzen Sache stecken könnte, ist es nicht ganz unwahrscheinlich, dass er versucht hat oder versucht, Leute einzuschleusen, die hochprozentigen Alkohol an unter 16-Jährige verkaufen."

„Genau", nickte Onkel Werner, „wir müssen versuchen, falls das passiert, diese Leute und die eventuellen Übergaben zu fotografieren."

„Okay, aber was bringt uns das?", wollte Wille wissen.

„Zuerst mal nicht viel, aber immerhin haben wir dann einen weiteren Anhaltspunkt, dass de Ligt tatsächlich hinter der Sache steckt. Außerdem könnten wir Ludger Vennegerts davon überzeugen, sich um de Ligt zu kümmern. Wenn er nämlich die eventuellen illegalen Verkäufer verhört, werden sie bestimmt mehr erzählen, vielleicht sogar singen wie die Vöglein. Das würde deiner Mutter helfen, Annabelle, und natürlich Vennegerts. Denn das ist organisierte Bandenkriminalität."

„Klingt sehr gut", meinte Wille, „nur müssen wir heute Abend mehr sein als drei. Das erhöht unsere Chancen."

„Ich bin dabei", stellte Annabelle fest, „ich kenne in der Disco einen Hintereingang, dann brauchen wir nichts zu bezahlen und keiner kontrolliert unsere Ausweise."

„Wenn es recht ist, bin ich auch dabei, das ist für mich eine wichtige Recherche", schlug Watermann vor.

„Einverstanden, aber veröffentlicht wird erst nach der Lösung des Falles!", stellte Andy erneut unmissverständlich fest.

„Keine Angst, das habe ich jetzt immer wieder versprochen." Watermann grinste ein wenig, als wollte er doch leise Zweifel an seiner Zuverlässigkeit wecken.

„Es wäre eigentlich gut, wenn wir heute Abend noch mehr wären. Ich könnte Lars, Oliver und Patrick fragen, ob sie mitmachen", schlug Wille vor."

„Das ist eine gute Idee", meinte Annabelle, „je mehr wir sind, desto größer sind unsere Chancen. Nur eins darf nicht passieren: Meine Mutter darf nichts erfahren, sie will auf keinen Fall, dass ich in die Disco gehe."

„Da bist du nicht die Einzige mit diesem Problem, außer natürlich Onkel Werner und Herr Watermann", lachte Andy.

„Ich habe meiner Mutter schon angekündigt, dass wir zusammen heute Abend ins Kino gehen und du mitgehen willst", erklärte Wille.

„Du meinst, dann habt ihr ein sicheres Alibi? Ich lüge zwar nicht gerne eure Eltern an, aber um der guten Sache willen ..."

„Musst du ja auch gar nicht, das Lügen erledigen wir dann schon selbst."

Dem konnte Onkel Werner nicht widersprechen. Nachdem Wille Lars, Ole und Patrick angerufen hatte, die sich bereit erklärten, am Abend dabei zu sein, verabredeten sich alle um 21.00 Uhr vor der Disco. Den Eltern wollten sie sagen, dass es sich um die Spätvorstellung des neuen Batman-Films handelte. Dann brachen sie auf, um zu Hause den Eltern die kleine Notlüge aufzutischen.

In der Disco

Allen gelang es, ihre Eltern von dem gemeinsamen Kinobesuch mit Onkel Werner zu überzeugen. Willes Mutter war zwar nicht begeistert, aber da sie wusste, dass sie sich auf Onkel Werner verlassen konnte, der alle nach der Vorstellung wieder nach Hause bringen wollte, willigte sie ein. Der Treffpunkt war wie verabredet vor Onkel Werners Haus, von dort aus fuhren sie gemeinsam zur Disco von Annabelles Mutter. Viel war noch nicht los, als sie den Laden erreichten.

„Mama sagt, dass es oft so ist, die Leute kommen erst ab 22 Uhr oder noch später", erklärte Annabelle. „Die Hintertür ist dahinten. Lauft einfach hinter mir her, wir kommen hinter der großen Tanzfläche wieder raus und gehen dann unauffällig zu den Sitzecken." Sie öffnete die Tür mit einem Schlüssel, den sie im Büro ihrer Mutter aus dem Schlüsselschrank geliehen hatte, wie sie Wille erklärte. Nacheinander huschten alle in die dunkle Atmosphäre der Disco hinein, an die sich ihre Augen noch für einen Moment gewöhnen mussten. Deshalb war es auch kein Wunder, dass ausgerechnet Onkel Werner mit einem der Kellner zusammenstieß, der mit einem Tablett voller Getränke unterwegs war. Er konnte sich gerade noch fangen, sonst wäre wahrscheinlich die Ladung gefüllter Gläser, die er balancierte, auf dem Boden gelandet und zersprungen.

„Meine Güte, Alter, kannst du nicht aufpassen?!", schimpfte der Kellner und starrte Onkel Werner mit bösem Blick an. Zumindest bildete sich Wille das ein, weil dessen Gesicht gerade von einem der Tanzflächenspotlights erleuchtet wurde.

Onkel Werner entschuldigte sich, wirkte aber gleichzeitig verärgert. Er ließ sich nicht gerne einfach so *Alter* nennen. „Tut mir wirklich leid, Junge, das war keine Absicht."

Der Kellner schüttelte den Kopf und ging weiter, um das Tablett mit den Getränken an einem der Tische abzuliefern.

„Dieser unverschämte Kerl hat mich Alter genannt", zischte Onkel Werner Wille ins Ohr, der mit den anderen an einer Ecke der Tanzfläche auf ihn gewartet und den Vorfall beobachtet hatte.

„Ja, wirklich bescheuert, der Typ", bestätigte er, „aber guck mal, wo der die Getränke hinbringt."

Der Kellner stand an einem Tisch, an dem ganz offenbar ziemlich junge Besucher saßen. Auch den anderen war aufgefallen, dass da irgendwas nicht zusammenpasste. Denn in den Gläsern war mit Sicherheit nicht einfach nur Cola, das war klar. Die Jugendlichen wirkten nicht gerade nüchtern, und dass sie schon über 18 waren, schien zweifelhaft.

„Ich schlage vor, wir testen mal, ob die wirklich nur Cola in ihren Gläsern haben", meinte Wille.

„Aber wie sollen wir das machen? Meinst du, die lassen uns probieren?" Patrick wirkte ein wenig besorgt.

„Einen von denen kenne ich", stellte Lars fest. „Ich gehe mal hin, irgendwie werde ich schon einen Schluck abkriegen. Ihr müsst aber diesen Kellner im Auge behalten." Langsam ging er auf den Tisch der Gruppe zu und tat so, als würde er überraschend den ihm bekannten Jungen erkennen. „Hey, Timo, was machst du denn hier? Hab dich hier noch nie gesehen!", rief er und stürzte auf ihn zu, um mit ihm abzuklatschen.

„Lars, super, dich zu sehen. Komm setz dich!" Timo rückte auf den Sitzbänken ein wenig nach innen, um Lars Platz zu machen.

Wille sah genau hin, weil Lars mit einem Kopfnicken Zeichen geben wollte, falls in der Cola Alkohol sein würde. Er konnte nicht verstehen, worüber die beiden sich unterhielten, aber plötzlich hob Lars das Glas seines Bekannten und nahm einen kräftigen Schluck. Wie gebannt starrte Wille nun auf Lars, um in dem schummrigen Licht erkennen zu können, ob er nicken würde. Und tatsächlich, ganz offensichtlich handelte es sich um illegal ausgeschenkte Cola mit Schuss.

„Okay, Lars hats bestätigt, ist mit Alkohol", rief Wille den anderen zu.

„Der Kellner ist jetzt hinter der Theke", meinte Annabelle, weil Onkel Werner ihn verloren hatte.

„Gut, dann wollen wir ihn mal befragen."

„Aber bitte unauffällig und vorsichtig, es darf hier keinen Aufstand geben", bat sie ihn inständig, als er sich bereits mit wild entschlossenem Gesicht in Richtung Theke auf den Weg machen wollte. Wille, Andy, Ole, Patrick, Annabelle und Lars, der sich von seinem Kumpel wieder verabschiedet hatte, folgten ihm, so schnell sie konnten.

Sogar Watermann schien ein wenig in Sorge, dass sich Onkel Werner wegen des kleinen Remplers vorhin den Kellner richtig zur Brust nehmen wollte. „Seien Sie vorsichtig", raunte er Onkel Werner ins Ohr, „wenn er wirklich einer von de Ligts Leuten sein sollte, ist eine Auseinandersetzung mit ihm nicht ungefährlich."

„Schon gut, ich werde ihn wie ein rohes Ei behandeln. Aber ich bin sicher, er kann uns einiges erzählen."

Der Kellner schien zu ahnen, dass er Besuch bekommen würde, denn er unterbrach das Befüllen einer Reihe von Gläsern und verließ den Thekenbereich in Richtung der Hintertür, durch die Annabelle sie in die Disco hineingelassen hatte.

„Junger Mann", rief Onkel Werner ihm zu, „junger Mann, einen Augenblick bitte!"

Aber der junge Mann reagierte nicht, vielleicht, weil er wegen der lauten Musik Onkel Werner nicht hören konnte, aber wahrscheinlich, weil er Onkel Werner nicht hören wollte. Auch die anderen ahnten, dass er den Plan hatte, durch die Hintertür das Weite zu suchen. Im Laufschritt versuchten sie deshalb, sich ihm zu nähern, um ihn abzufangen. Aber sie erreichten ihn in dem Gedränge nicht mehr, er schloss die Tür auf und war verschwunden. Er konnte natürlich nicht wissen, dass Annabelle auch einen Schlüssel hatte. Sie sahen den Kellner, offenbar erleichtert, der drohenden Gefahr entkommen zu sein, draußen stehen und telefonieren. Dass die Verfolger sich ihm näherten, bemerkte er gar nicht.

„Irgend so ein Fettsack und eine Gruppe von Kids hat offenbar geschnallt, dass ich im Klub Alkohol an Minderjährige ausschenke. Bin erst mal abgehauen!"

Onkel Werner stand jetzt direkt hinter dem Kellner. Er packte ihn an den Hemdkragen und drehte ihn zu sich herum. „Was bin ich? Sag doch noch einmal, wie du mich gerade genannt hast!"

Vor lauter Schreck ließ der Kellner sein Handy fallen. Wille hob es schnell auf und hörte eine Stimme. „Hey, Manne, was ist mit dir? Verdammt, jetzt sag was!"

Während Onkel Werner den Kellner ganz dicht zu sich heranzog, versuchte Wille herauszubekommen, mit wem der Kellner gesprochen hatte. „Manne hat gerade ein Problem. Er muss erklären, warum er im Klub Alkohol an Minderjährige ausschenkt. Hier ist die Jugendschutzbehörde. Wer sind Sie?" Kaum hatte Wille seine Frage gestellt, brach der Mann am anderen Ende der Leitung den Kontakt ab. „Aufgelegt", sagte er zu den anderen, die ihn gespannt ansahen.

„So Bürschchen, dann werden wir uns jetzt mal genauer unterhalten, dein Chef hat ja leider das Gespräch beendet. Allzu viel scheinst du ihm ja nicht zu bedeuten. Also, wer hat dich beauftragt, hier in dem Laden Alkohol an Minderjährige zu verkaufen?" Onkel Werner, der den Kellner weiter fest im Griff behalten hatte, zog ihn noch weiter zu sich heran, der Mann schlotterte vor Angst.

„Was wollen Sie von mir? Ich wusste nicht, dass die Kids noch minderjährig sind."

„Das können Sie Ihrer Großmutter erzählen", zischte Andy, „natürlich wussten Sie das genau. Also, wer hat Sie beauftragt und mit wem haben Sie gerade telefoniert?"

„Wir können auch sofort die Polizei holen", ergänzte Wille, „spätestens dann werden Sie vermutlich singen wie ein Vögelchen."

„Genau, und ich werde dafür sorgen, dass Sie hier keine weitere Arbeitsstunde mehr verbringen. Meine Mutter ist nämlich die Besitzerin dieser Disco!" Annabelle war richtig sauer, am liebsten hätte sie dem Kerl gegen das Schienbein getreten, um ihn zum Reden zu bringen.

Aber weil Onkel Werner ihn immer kräftiger in den Schwitzkasten nahm, begann er doch auszupacken. „Ist ja gut, ich rede ja schon. Mein Auftraggeber war eben am Telefon."

„Und wer ist dein Auftraggeber? Nun lass dir doch nicht alles aus der Nase ziehen." Onkel Werner wurde ungeduldig.

„Es ist der Besitzer der Disco in Neuenhaus, de Ligt."

„Na bitte, geht doch. Was hat er dir genau gesagt?"

„Dass ich mich hier als Kellner bewerben soll, um dann Gästen unter 18 starken Alkohol zu verkaufen."

„Warum? Hat dir de Ligt einen Grund genannt?"

„Nein, hat er nicht, ich habe einen Haufen Kohle bekommen und auch nicht weiter gefragt."

„Hast du gerade am Telefon auch mit de Ligt gesprochen?"

Der Kellner schüttelte den Kopf. „Ich weiß nicht, wie der Typ heißt, aber ich schätze, er ist ein Mitarbeiter von ihm. Er ist mein Kontaktmann. Mit de Ligt habe ich nur ganz am Anfang zu tun gehabt."

„Okay, dann gib mir seine Nummer!"

Der Kellner diktierte die Nummer laut, sodass Wille sie sofort in sein eigenes Telefonverzeichnis tippen konnte.

„So, und jetzt sagst du uns noch, wie du heißt!", herrschte ihn Onkel Werner an.

„Manfred List."

„Okay, Manfred. Wo wohnst du? Was machst du? Ein bisschen mehr solltest du uns schon erzählen."

„Verdammt, das dürft ihr nicht!"

„Was denn nicht, junger Mann?"

„Mich so ausfragen. Ihr zwingt mich, das kann ich auch anzeigen."

„Moment, Moment, wir unterhalten uns doch nur freundlich mit dir. Aber zeige uns gerne an, dann wird die Polizei dich sicher ganz genau nach der Situation fragen, in der du dich mit uns unterhalten hast."

„Ist ja gut. Ich wohne in Nordhorn auf der Lindenallee, bin arbeitslos und mache, was mir angeboten wird."

„Aha, deshalb also dein Kellnerjob. Dann geh jetzt mal brav nach Hause, mein Junge", sagte Onkel Werner und ließ ihn los.

Manfred List atmete erleichtert auf. „Bitte, verratet mich nicht bei de Ligt, wenn der hört, dass ich euch alles erzählt habe, kriege ich ziemlichen Ärger." Dann verschwand er.

„Gut", fasste Wille zusammen, „jetzt wissen wir also ganz bestimmt, dass de Ligt dahintersteckt. Aber an den kommen wir nicht einfach so heran, da müssen wir mit Vennegerts sprechen, sonst ist das zu gefährlich."

„Und ich kann meiner Mutter sagen, dass wir den Typen erwischt haben. Sie wird froh sein", freute sich Annabelle.

„Ich dachte, du bekommst Ärger, wenn sie mitbekommt, dass du in ihrem Klub warst?", meinte Wille besorgt.

„Wird schon nicht so wild werden. Wir hatten ja Erfolg", entgegnete Annabelle.

„Gut, dann würde ich sagen, wir gehen bei Vennegerts vorbei und erzählen ihm, was wir heute herausbekommen haben", schlug Wille vor.

„Und ich sage es noch einmal, bis es Ihnen an den Ohren wieder herauskommt, Watermann. Sie schreiben noch nichts darüber", drohte Andy.

„Wo denkst du hin? Natürlich nicht, habe ich ja wirklich schon oft genug gesagt. Sonst mache ich mir ja selbst alles kaputt. Wir sollten aber weiter im Austausch bleiben, mein Kontaktmann in Düsseldorf wird sicher noch das eine oder andere zu erzählen haben."

Onkel Werner sah auf die Uhr. „Es ist Zeit, dass ihr nach Hause fahrt, sonst bekomme ich noch Ärger mit euren Eltern. Wir fahren zusammen und ich bringe euch, wie besprochen, einzeln nach Hause."

Zwar wollte das niemand, aber Onkel Werner blieb dabei, sodass sie schließlich zuerst bei Annabelle vorbeifuhren, anschließend Patrick,

Lars und Oliver nach Hause brachten, die alle in der Wilhelm-Raabe-Straße wohnten, dann Wille, dessen Eltern bereits im Bett waren, und am Ende Andy, der von Onkel Werner mit einem Klaps auf den Rücken wieder am Hochhaus am Kanalweg verabschiedet wurde.

Tom de Ligt

„Wie war denn der Film?", wollte Willes Mutter am nächsten Morgen wissen.

Da er natürlich wusste, dass sie fragen würde, hatte er sich vorbereitet, eine Zusammenfassung gelesen und sich einen Trailer des Films im Internet angesehen. „Cool, erst mal superlang, mit Werbung haben wir über drei Stunden im Kino gesessen. Aber er war überhaupt nicht langweilig und ziemlich düster. Batman war irgendwie anders als sonst, er hatte eine ganze Menge mit sich selbst zu tun. Die Story war wie immer, jemand wird umgebracht, es gibt eine Verfolgungsjagd und am Ende siegt Batman. Aber er war nicht nur der Superheld, er war auch jemand, der Probleme hatte." Wille war selbst überrascht, dass er die Filmkritik seiner Mutter so überzeugend vortragen konnte. Er hätte den Film sogar wirklich gerne gesehen und nahm sich vor, bei nächster Gelegenheit den Kinobesuch nachzuholen. Obwohl sein eigenes Abenteuer in dem Klub auch nicht schlecht und die Sache noch längst nicht aufgeklärt war.

„Hat Werner euch denn wie versprochen bis nach Hause gebracht?"

Jetzt war Wille froh, nicht schon wieder lügen zu müssen, sondern einfach erzählen zu können, dass Onkel Werner tatsächlich jeden bis vor die Haustüre begleitet hatte. „Klar, Mam, er ist am Ende mit zu uns gefahren und dann mit Andy weiter zur Kanalstraße." Um nicht noch mehr erzählen zu müssen, beendete Wille sein Frühstück und packte seine Sporttasche zusammen, weil er ein Fußballspiel hatte.

Das Wochenende verlief ruhig, Wille und Andy trafen sich zwar zum FIFA spielen, aber ausnahmsweise ging es nicht nur um ihren Fall.

Am Montag fuhr er schon recht früh zur Schule.

„Ist doch noch Zeit genug?", wunderte sich seine Mutter, da sie ihn sonst eher antreiben musste, rechtzeitig loszufahren.

„Eigentlich ja, aber wir wollen uns noch wegen Fridays for Future im Raum der Schülervertretung treffen", erklärte Wille und war schon fast aus dem Haus. Frau Willerink hatte heute die Nachmittagsschicht im Supermarkt, während sein Vater schon längst zur Arbeit war.

„Tschau, Mam, bis heute Abend", rief er und ließ die Haustür ins Schloss fallen.

Wille wollte am Jugendzentrum vorbei, weil er hoffte, dort Annabelle noch vor der Schule treffen zu können. Aber sie war nicht da. Er lief zur Schülervertretung, die im Keller des Gebäudes einen eigenen Raum zur Verfügung gestellt bekommen hatte. Die anderen waren schon da, Patrick, Lars und Ole sowieso, aber Annabelle fehlte auch hier. Wille war beunruhigt. Er setzte sich in die Runde und fragte leise Patrick, wo Annabelle sein könnte.

Doch er zuckte mit den Schultern. „Keine Ahnung, eigentlich hätte sie unser Treffen heute ja leiten sollen."

Wille griff zu seinem Handy und schickte ihr eine Nachricht.

Hey, Annabelle, wo bist du? Wir warten alle auf dich im SV-Raum und wir waren doch auch vorher am Jugendzentrum verabredet.

Patrick hatte jetzt die Leitung des Treffens übernommen, aber Wille hörte kaum zu. Immer wieder schaute er auf sein Handy, ob Annabelle schon geantwortet hatte. Aber sie meldete sich nicht.

„Okay, Leute, Annabelle kommt wohl nicht mehr. Ich finde, wir können mit unserer Demo sehr zufrieden sein, ist alles cool gelaufen, die nächste FFF-Demo machen wir dann zum Aktionstag im Herbst. Die Idee, im Jugendzentrum Filme und Veranstaltungen durchzuführen, ist genial, die aus dem Jahrgang 12 werden sich darum kümmern und alles mit den anderen Schulen absprechen. Das wars für heute." Patrick beendete das Treffen.

Als sie den Raum verließen, kam Ole auf Wille zu. „Ist wirklich komisch mit Annabelle, ich habe sie gesehen. Wir sind zusammen auf dem Schulhof angekommen."

„Hä? Wo ist sie denn dann hingegangen?"

„Sie wollte noch kurz in die Mensa."

„Hast du sie da reingehen sehen?"

„Ja, aber ich bin dann direkt zur Schülervertretung."

„Lass uns nachgucken, ob sie noch da ist", antwortete Wille atemlos, „da stimmt doch was nicht!"

Die beiden rannten los. Wille riss die Tür der Cafeteria auf, sein Blick scannte den Raum, aber auch hier war von Annabelle keine Spur. Zitternd griff er zu seinem Handy und wählte die Festnetznummer von Annabelles Mutter. Ungeduldig wartete er, bis sie sich meldete. Von

Annabelle wusste er, dass ihre Mutter morgens in der Regel zu Hause erreichbar war.

Endlich hob sie ab. „Von Pruselitz", meldete sie sich.

„Guten Morgen, Frau von Pruselitz, hier ist Wille. Wir haben uns im Krankenhaus kennengelernt, nach dem Überfall auf Annabelle beim Fest der Kulturen."

„Hallo, Wille, was gibt es denn?"

„Wissen Sie, wo Annabelle ist? Wir haben sie heute in der Sitzung der Schülervertretung vermisst."

„Ist sie denn nicht in der Schule?" Frau von Pruselitz' Stimme klang jetzt besorgt.

„Sie war am Anfang kurz in der Mensa, aber dann ist sie bei unserer Schülervertretungssitzung nicht aufgetaucht."

„Das verstehe ich nicht. Habt ihr sie schon ausrufen lassen? Über das Sekretariat des Direktors?"

„Nein, noch nicht."

„Ich rufe jetzt in der Schule an, das kann doch nicht sein. Nach diesem Entführungsversuch bei der Demo mach ich mir gewaltige Sorgen."

„Und ich rufe die Polizei an, denn Kommissar Vennegerts kenne ich gut."

„Einverstanden, dann telefonieren wir danach sofort wieder miteinander!" Frau von Pruselitz legte auf.

„Und? Was sagt sie?", wollte Lars wissen.

„Sie hat auch keine Ahnung, die telefoniert mit dem Direx, der soll sie ausrufen lassen. Ich rede jetzt mit Vennegerts."

Ludger Vennegerts war sofort am Telefon. Wie immer freute er sich, von Wille zu hören.

„Herr Vennegerts, Annabelle ist verschwunden."

„Was heißt verschwunden?" Ludger Vennegerts schaltete in Alarmstimmung, Wille bemerkte das an seiner Stimme. „Bleib, wo du bist, Wille, ich komme jetzt sofort zur Schule!"

„Was sagt er?", wollte Lars wissen.

„Vennegerts kommt. Wir sollen hierbleiben."

Die beiden betraten wieder die Mensa und warteten auf den Hauptkommissar, der kurze Zeit später vor ihnen stand.

„Hallo, Wille, das ist jetzt keine gute Nachricht. Ihr hattet wirklich keinen Kontakt zu ihr?"

„Nein, bis auf heute Morgen, als ich sie gesehen habe", erklärte Lars.

Ludger Vennegerts telefonierte mit Annabelles Mutter. Die hatte inzwischen mit dem Schulleiter gesprochen und Annabelle ausrufen lassen, aber ohne Ergebnis. Sie war bereits auf dem Weg zur Schule.

„Was ist sonst noch passiert?", wollte Vennegerts von Wille wissen. „Du siehst so aus, als hättest du noch mehr zu erzählen."

Ein wenig schuldbewusst erklärten die beiden Jungen, was sie in der Disco von Frau von Pruselitz herausgefunden hatten.

Vennegerts schüttelte den Kopf. „Ihr seid ja unglaublich, das hätte auch schiefgehen können. Diesen Kellner werde ich jetzt ins Polizeikommissariat bestellen. Es ist ja überhaupt nicht auszuschließen, dass Annabelles Verschwinden mit eurer kleinen Verfolgungsjagd von gestern Abend zu tun hat."

„Herr Vennegerts?" Annabelles Mutter war inzwischen in der Schule angekommen und direkt in die Mensa gestürmt.

„Frau von Pruselitz, das ging ja schnell. Gut, dass Sie da sind, denn ..." Vennegerts konnte seinen Satz gar nicht zu Ende sprechen.

„Herr Vennegerts, ich habe eine Nachricht von meiner Tochter!"

„Und?"

Annabelles Mutter öffnete ihr Handy und zeigte dem Kommissar, Lars und Wille eine Whatsapp. Dort stand:

Liebe Mama,
leider bin ich entführt worden. Die Leute, die mich in ihrer Gewalt haben, fordern 100.000 Euro, dann bekommst du auch die Bibeln zurück."

Vennegerts überflog die Nachricht und sah Wille und Lars an. „Tja, dann wird es jetzt wirklich ernst", knurrte er, „wir müssen schnell handeln, das heißt, mit den Entführern Kontakt aufnehmen. Haben Sie eine Ahnung, wer das sein könnte, Frau von Pruselitz?"

„Die Antwort liegt doch auf der Hand", meinte Wille, noch bevor Annabelles Mutter etwas sagen konnte. „Das kann nur de Ligt sein, wer sonst!"

„Ich bin mir da nicht so sicher, vielleicht ist noch jemand ganz anderes im Spiel."

„Wen meinen Sie?" Wille und Lars machten große Augen.

„Das Ganze ging doch schon los mit dem Überfall auf meine Tochter beim Fest der Kulturen. Ich glaube eher, dass es um den Diebstahl der Bibel geht und de Ligt sich, ohne es zu wissen, nur drangehängt hat. Ich habe jedenfalls den Verdacht, dass es sich um zwei verschiedene Täter oder Tätergruppen handelt."

„Wie kommen Sie darauf?", wollte Vennegerts wissen. „Heraus mit der Sprache, wir müssen jetzt wirklich schnell handeln."

Frau von Pruselitz zögerte einen Moment, bevor sie antwortete. „Also gut. Nun, die gestohlene Bibel ist eigentlich nicht nur meine, sie gehört einer Cousine und mir zu gleichen Teilen, einen Band hatte sie aufbewahrt, den anderen ich. Dann habe ich mit ihr abgesprochen, beide Bände restaurieren zu lassen, aber ihr ihren Teil nicht zurückgegeben. Ich habe sie nach der Restauration dem Kloster Frenswegen zur Verfügung gestellt, ohne meine Cousine um Erlaubnis zu fragen. Für mich war das eine gute Publicity."

„Und jetzt lassen Sie mich raten, diese Cousine wohnt in Düsseldorf, richtig?", meinte Wille.

Frau von Pruselitz nickte.

„Kann es nicht sein, dass die Cousine und de Ligt zusammenarbeiten?", überlegte Lars laut.

„Klar, das kann sein, aber wir müssen da noch ermitteln. Ich weiß nur noch nicht, wo wir zuerst ansetzen sollen. Bislang haben wir nur wenige Spuren von dem Entführungsversuch auf dem Parkplatz der Kreisverwaltung. Meine Leute sind da aber noch dran. Dass die es noch einmal versucht haben, ist ja nicht ganz von der Hand zu weisen."

„Ich habe eine Idee", meinte Wille, „wir wenden uns an de Ligt und sagen ihm, dass wir die Bedingungen erfüllen wollen. Wenn er sofort darauf eingeht, wissen wir, dass sie zusammenarbeiten. Zögert er, dann wissen wir, dass er mit dieser Entführung nichts zu tun hat."

„Wenigstens mit dieser nicht. Bei dem ersten Versuch kann er schon beteiligt gewesen sein", überlegte Vennegerts. „Aber schlecht ist die Idee nicht. Dann kommen wir hoffentlich ein Stück weiter. Frau von Pruselitz, antworten Sie Ihrer Tochter, dass Sie bereit sind, auf die Bedingungen einzugehen. Aber Sie müssten natürlich wissen, wann und wo die Übergabe sein soll. Außerdem verlangen Sie ein Lebenszeichen Ihrer Tochter. Am besten ein Bild mit dem Zeit- und Datumsstempel von heute."

„Gut, dann können Sie vielleicht auch das Handy orten, oder?"

Vennegerts nickte. „Genau, wobei ich mich wundere, dass die Annabelles Handy für die Nachricht benutzen und kein Wegwerfhandy. Ich werde gleich meinen Kollegen wegen der Ortung Bescheid sagen. Vielleicht wissen wir dann sofort, wo sie sein könnte."

Er rief im Polizeikommissariat an.

„Okay, Frau von Pruselitz, jetzt können sie ihr schreiben."

Nachdem Frau von Pruselitz ihrer Tochter geantwortet hatte, dauerte es keine fünf Minuten, bis ihr Handy wieder klingelte.

„Und?", wollte Wille ungeduldig wissen. „Jetzt sagen Sie schon?"

Frau von Pruselitz konnte nicht antworten. Sie starrte auf ihr Handy und begann zu weinen. „Meine Kleine", schluchzte sie und zeigte den anderen ein Bild, auf dem Annabelle auf einem Stuhl angebunden zu sehen war. „Sie sind einverstanden", las sie vor, nachdem sie sich wieder gefasst hatte. „Ich soll die 100.000 Euro in kleinen Scheinen in einen Koffer packen und morgen mit der Regiopa-Bahn nach Neuenhaus fahren."

„Wie, mit der Regiopa-Bahn?" Lars schüttelte verständnislos den Kopf.

„Sie wollen, dass ich den Koffer am Paradiesweg aus dem Zug werfe, ins Maisfeld."

„Welchen Zug sollen Sie nehmen?", wollte Vennegerts wissen.

„Den letzten laut Fahrplan, um 20.00 Uhr abends", antwortete Frau von Pruselitz.

Nachdem sie die Whatsapp verschickt hatte, warteten alle gespannt auf den Anruf der Kollegen von Vennegerts. Es dauerte keine zwei Minuten.

„Und?", fragte Vennegerts. „Wie sieht es aus?" Er stellte das Handy auf laut.

„Wir haben es im Bereich Emlichheim geortet", teilte der Kollege mit. „Offenbar ein Bauernhof ziemlich Richtung niederländische Grenze. Ich schicke dir die GPS-Daten."

Kurze Zeit später waren die Daten da.

„Wir müssen nach Laar. Auf gehts, die Kollegen sind schon unterwegs."

Wille und Lars überlegten nicht lange, ihnen war es egal, dass sie ihren Unterricht verpassten. Jetzt ging es um Annabelle. Sie mussten und wollten unbedingt mitfahren.

„Aber ihr habt doch jetzt Schule", meinte Vennegerts.

„Unser Direx wird das schon verstehen", antwortete Lars, „außerdem fahren wir doch offiziell mit der Polizei und sind wichtige Zeugen."

„Gut, dann los, einsteigen!"

Sie rannten nach draußen. Vennegerts hatte sein Auto hinter der Schule auf dem Lehrerparkplatz abgestellt. Natürlich fuhr auch Annabelles Mutter mit. Mit Höchstgeschwindigkeit und Blaulicht raste der Hauptkommissar stadtauswärts Richtung Emlichheim.

Wille hatte Angst. Würden sie Annabelle befreien können? Gleichzeitig spürte er eine große Wut auf die Entführer.

Die wilde Fahrt ging über die Neuenhauser Straße am Kloster Frenswegen vorbei, nur wenig später hatten sie Neuenhaus erreicht und fuhren über die Umgehungsstraße um das kleine Städtchen herum, passierten zwei Kreisverkehre mit quietschenden Reifen und weiter immer geradeaus, bis sie Emlichheim erreicht hatten. Bevor sie sich dem Ort weiter in Richtung Niederlande näherten, schaltete Vennegerts die Sirene und das Blaulicht aus. Er wollte die Entführer natürlich nicht warnen. Am Ortsausgang standen bereits die anderen Polizeifahrzeuge. Vennegerts hatte ihnen über Funk befohlen, dort zu warten.

„Ihr bleibt hier", sagte er zu Lars und Wille, bevor er aus dem Wagen sprang. Frau von Pruselitz wollte ebenfalls aussteigen, doch mit strengem Ton hielt er sie davon ab. „Das gilt auch für Sie, wir müssen jetzt unsere Strategie besprechen."

Ohne Widerspruch ließ sich Annabelles Mutter wieder in den Autositz fallen. „Er ist nicht gerade der höflichste Polizist", raunte sie und verschränkte die Arme vor der Brust.

„Och, eigentlich ist er ein cooler Typ", entgegnete Wille, „er lässt sich nur nicht gerne dazwischenfunken, wenn er einen Plan hat."

„Wenn er denn einen hat", antwortete Frau von Pruselitz und schaute sorgenvoll aus dem Fenster auf die Gruppe der Polizisten, die im Kreis standen und sich berieten. Viel schien es jedoch nicht zu besprechen zu geben, denn Vennegerts kehrte schnell zum Auto zurück.

„So", meinte er, als er wieder eingestiegen war, „wir fahren jetzt zu dem Bauernhaus, wo die Entführer vermutlich Ihre Tochter gefangen halten. Wir werden uns bis auf einige Hundert Meter mit dem Auto nähern, und dann aussteigen. Sie und ihr, Jungs, werdet im Auto warten. Egal, was passiert, auf keinen Fall aussteigen. Ist das klar?"

Wille, Lars und Frau von Pruselitz nickten stumm. Sie fuhren noch ein Stück die Coevordener Straße aus Emlichheim hinaus, vorbei am Sportplatz des SV Grenzland Laarwald. Gleich dahinter bogen sie links ab, bis die Fahrzeugkolonne am Straßenrand hielt und die Polizisten ausstiegen.

„Also, wie besprochen", sagte Vennegerts, „ihr wartet! Das Haus ist am Ende dieser kleinen Straße hinter den Bäumen." Der Hauptkommissar öffnete den Kofferraum seines Wagens und holte ein Megafon heraus. Dann näherte er sich mit den anderen Polizisten vorsichtig der Baumreihe.

Gebannt verfolgten Wille, Lars und Frau von Pruselitz die Männer mit ihren Blicken. „Öffne mal die Fensterscheibe", meinte Wille zu Lars, „dann können wir verstehen, was Vennegerts durch das Megafon sagt."

Inzwischen waren die Polizisten aus ihrem Blickfeld verschwunden. Doch dann hörten sie Vennegerts' Stimme. „Achtung, hier spricht die Polizei. Herr de Ligt, wir haben das Haus umstellt, lassen Sie sofort das Mädchen frei und kommen Sie anschließend mit erhobenen Händen nach draußen!"

„Was passiert jetzt? Mein Gott, hoffentlich lassen sie Annabelle gehen!" Frau von Pruselitz öffnete die Autotür und sprang hinaus. Dann schlich sie in leicht gebückter Haltung den Weg entlang in Richtung der kleinen Baumreihe.

Wille stieg ebenfalls aus. „Frau von Pruselitz!", rief er ihr nach. „Frau von Pruselitz, bleiben Sie hier, das ist zu gefährlich!"

Aber sie reagierte nicht.

„Los, Lars, wir müssen hinter ihr her."

Vorsichtig folgten sie Frau von Pruselitz, die sich auf der den Polizisten gegenüberliegenden Seite dem Haus näherte. „Was sollen wir jetzt machen?", wollte Lars wissen.

„Wir müssen sie wieder zum Auto zurückzubringen."

Kaum hatten sie die Bäume erreicht, stellten sie fest, dass Annabelles Mutter offenbar nach einem offenen Fenster suchte. Von der Polizei oder Vennegerts war nichts zu sehen. Wille schlich sich im Schutz der Bäume noch näher heran.

„Frau von Pruselitz! Frau von Pruselitz!", zischte er, aber sie reagierte nicht. Zu seinem Entsetzen sah er, dass Annabelles Mutter tatsächlich ein offenes Fenster entdeckt hatte, es vorsichtig öffnete und in das Haus kletterte. Wille folgte ihr und hoffte inständig, dass Lars versuchen würde, Vennegerts zu informieren. Aber was machte er? Er schlich sich ebenfalls an das Fenster heran und kletterte ihnen nach.

„Was soll das?", flüsterte Wille ihm zu. „Es wäre besser gewesen, du hättest Vennegerts gewarnt."

„Quatsch, ich kann dich doch nicht allein lassen. Wo ist denn jetzt die Pruselitz?"

Wille zuckte mit den Schultern. „Keine Ahnung."

Da es sich um ein altes Bauernhaus handelte, befanden sie sich auf der Tenne, die der Besitzer offenbar zu einem Wohnzimmer umgebaut hatte. Vorsichtig näherten sie sich einer Tür. Lars wollte gerade durch das Schlüsselloch sehen, als auf der anderen Seite Schreie und lautes Poltern zu hören waren. Lars konnte gerade noch zur Seite springen, als die Tür aufgerissen wurde und Annabelle und ihre Mutter hindurchstürzten. Ein kräftiger Mann folgte ihnen auf den Fersen, doch Wille, der sich hinter einer Kommode versteckt hatte, sprang hervor und stellte dem Verfolger ein Bein, sodass er der Länge nach auf den Boden fiel. Noch bevor er sich aufrappeln konnte, schlug ihm Lars eine Lampe auf den Kopf, sodass er stöhnend zusammensackte.

„Mann, Alter", staunte Wille, „du hast aber einen ganz schönen Punch. Dann lass uns mal schnell verschwinden."

Da Annabelle und ihre Mutter bereits durch das Fenster das Haus wieder verlassen hatten, suchten auch Wille und Lars das Weite. Die im Schutz der Bäume wartenden Polizisten reagierten sofort und nahmen die vier in ihre Obhut. Sie zerrten sie vom Haus weg, während andere mit einem Rammbock die Tür aufstießen und unter lauten „Polizei! Polizei!"-Rufen das Haus stürmten.

Doch der Lärm verebbte genauso schnell, wie er entstanden war. Wille hörte, dass das Haus durchsucht wurde, und immer, wenn die Polizisten niemanden fanden, riefen sie: „Gesichert!" Annabelles Bewacher, den Lars niedergeschlagen hatte, legten sie Handschellen an. Nach und nach kamen sie nach draußen und sammelten sich vor dem Haus.

Vennegerts kam auf Wille, Lars, Annabelle und ihre Mutter zu, baute sich von ihnen auf und stemmte seine Hände in die Hüften. Sein Gesicht sprach Bände. Vennegerts war sauer. „Was habe ich euch gesagt? Ihr solltet im Auto warten!", fuhr er sie an.

Wille hob abwehrend die Hände. „Lars und ich konnten nichts dafür. Wir sind nur hinterhergegangen."

„Ist richtig", bestätigte Frau von Pruselitz, „ich bin allein los, die beiden wollten mich davon abhalten, aber ich konnte es im Auto nicht mehr aushalten."

Vennegerts schüttelte mit dem Kopf. „Das war mehr als leichtsinnig, Frau von Pruselitz, es hätte sonst was passieren können. Sie haben wirklich Glück gehabt, dass nur einer der Entführer in dem Haus war. Und für euch zwei gilt dasselbe", wandte er sich an Wille und Lars, „stellt euch vor, andere wären hinterhergekommen, nachdem ihr den Mann niedergeschlagen hattet."

„War aber nicht der Fall", entgegnete Lars, „wenn wir nicht Frau von

Pruselitz gefolgt wären, hätten wir Annabelle auch nicht befreien können."

„Ja, stimmt", meinte Wille, „aber natürlich haben Sie recht, es war schon eine Menge Glück dabei." Er wusste genau, dass es wichtig war, Vennegerts zu beruhigen und ihm nicht zu widersprechen.

Der Kommissar musste ein wenig schmunzeln. „Aber wie auch immer, Annabelle ist frei. Wie geht es dir?"

„Eigentlich ganz gut, ich bin wirklich froh."

„Wie und wo haben dich die Entführer jetzt eigentlich erwischt?"

„Auf dem Weg zur Schule. Eigentlich war ich schon da, aber dann bin ich noch einmal zurückgefahren, weil ich mir in der Milchbar am Stadtring noch ein Brötchen holen wollte, daran hatte ich vorher nicht gedacht. Ich hatte keinen Bock auf Mensaessen, deshalb bin ich auf dem Stadtring zurückgefahren und dann hielt neben mir ein Auto. Ich glaube, es war dasselbe wie beim ersten Mal während der Demo. Aber weil sie mich sofort gepackt und mir eine schwarze Kapuze über den Kopf gezogen haben, konnte ich mich nicht wehren."

Wille legte Annabelle den Arm um die Schultern. Er sah, dass Frau von Pruselitz ihn und Annabelle fragend ansah, wusste aber nicht, ob sie auf die Antwort auf Vennegerts' Frage gespannt war oder sich doch eher über Willes Annäherung an Annabelle wunderte. Das war ihm aber egal, denn Annabelle gefiel es, das merkte er genau.

„Sie haben mir die Kapuze erst wieder in dem Haus abgesetzt, aber ich musste die ganze Zeit in dem Wohnzimmer bleiben und war an dem Stuhl gefesselt. Der Typ, also mein Bewacher, hat sich in der Küche aufgehalten, und wenn er mir was zu essen brachte oder zu trinken, hatte er eine Maske auf."

„Wie hat er sich dir gegenüber verhalten?", wollte Wille wissen.

„Eigentlich war er freundlich. Er hat immer wieder gesagt, ich solle keine Angst haben, ich käme auf jeden Fall wieder frei."

„Hat er dir irgendwas verraten, hat er sich eventuell verplaudert?", fragte Vennegerts, der ungeduldig wirkte. Wahrscheinlich war der Hauptkommissar auch sauer auf sich selbst. Eigentlich hatte er gehofft, alle Entführer erwischen zu können.

Aber Annabelle schüttelte den Kopf. „Er hat außer diesen einen Satz gar nichts zu mir gesagt."

„So, jetzt ist es aber genug", mischte sich ihre Mutter ein, „meine Tochter muss sich erholen. Wir wollen nach Hause. Können wir fahren, Herr Vennegerts?"

„Sofort, Frau von Pruselitz, ich muss noch eben den Kollegen etwas sagen." Er wandte sich an die uniformierten Polizisten, die ein paar Meter weiter mit dem festgenommenen Entführer standen. „Kollegen, bringt ihn nach Nordhorn, ich komme gleich nach, um ihn zu verhören." Dann nickte er Annabelle, den Jungen und Frau von Pruselitz, und sie gingen gemeinsam zur Straße, wo der Wagen von Vennegerts stand. „So, dann wollen wir mal", meinte der Kommissar und startete den Motor. Frau von Pruselitz saß auf dem Beifahrersitz, während Annabelle, Wille und Lars auf der Rückbank Platz nahmen.

Wille saß neben Annabelle und spürte, dass sich ihre Anspannung offenbar erst jetzt löste, denn ihr liefen ein paar Tränen die Wangen hinab. Vorsichtig nahm Wille ihre Hand, sie entzog sie ihm nicht. Es schien zu helfen, denn Annabelle beruhigte sich wieder.

„Wie geht es denn jetzt weiter?", wollte Lars wissen, der sich ein wenig nach vorne beugte, damit Vennegerts ihn auch verstand.

„Tja, im Augenblick bin ich gespannt, was das Verhör ergibt. Immerhin ist das Lösegeld nicht mehr nötig. Leider wissen wir immer noch nicht, ob de Ligt der eigentliche Drahtzieher ist oder noch andere dahinter stecken. Oder habt ihr Infos, die ihr mir noch nicht verraten habt?"

Wille hatte sich zwar ganz auf Annabelles Hand konzentriert, doch die Frage ließ ihn in die Wirklichkeit zurückkehren. „Wir hatten Kontakt zu Watermann, der hat seine Fühler nach Düsseldorf ausgestreckt."

„Sieh mal einer an, mal wieder unser rasender Reporter", meinte Vennegerts. „Was hat er denn herausgefunden?"

„Wir wollen uns heute Abend mit ihm treffen", antwortete Wille.

„Nichts da", schaltete sich Frau von Pruselitz ein, „heute Abend und auch sonst werdet ihr alle euch aus der Geschichte heraushalten."

„Ja, gut, Mama, aber wir haben der Polizei auch schon eine ganze Menge geholfen."

„Das ist mir egal. Du bist ab jetzt jedenfalls raus."

„Deine Mutter hat recht, du bist schließlich gerade erst wieder frei. Nach einer Entführung kann man nicht einfach so zur Tagesordnung zurückkehren", stimmte Vennegerts zu, „ich werde auf jeden Fall kommen."

„Aber wir wissen nicht, ob Watermann dann mit seinen Infos herausrücken wird", schaltete sich Lars in die Diskussion ein.

„Das wird er schon, ich habe ihm schon beim Ungeheuer-Fall gedroht, falls er nicht kooperiert, Ärger zu bekommen. Wo trefft ihr ihn?"

„In Meyers Wäldchen, gegenüber vom Kindergarten, um 20.00 Uhr."
Vennegerts nickte.
Inzwischen waren sie am Gymnasium angekommen. Wille und Lars stiegen aus, während Vennegerts Annabelle und Frau von Pruselitz nach Hause brachte.
„Was machen wir jetzt?", fragte Lars. „Ich glaube nicht, dass Watermann auspackt, wenn Vennegerts dabei ist."
Wille zuckte mit den Schultern. „Wir müssen es eben riskieren."
Da ihre letzte Schulstunde gerade beendet war, verabschiedeten sie sich und fuhren nach Hause. Auf dem Rückweg wollte Wille aber auf jeden Fall noch bei Andy vorbeischauen. Also machte er sich auf den Weg zum Kanalhochhaus. Während er an der Ampelkreuzung an der Denekamper Straße auf Grün wartete, überlegte er, ob Annabelle wohl heute Abend bei dem Treffen mit Watermann dabei sein würde. Eher nicht, vermutete er, ihre Mutter würde sonst sicher eine Menge Stress machen. Andererseits war sie jedoch genauso hartnäckig wie ihre Mutter und würde es vielleicht trotzdem riskieren.

Neues von Watermann

Als Wille das Hochhaus erreicht hatte, stand Andy zu seiner Überraschung bereits draußen vor der Tür und schien auf ihn zu warten. „Da bist du ja!", rief er ihm aufgeregt entgegen. „Wollte gerade zu deiner Schule fahren." Wille stieg vom Fahrrad und sah seinen Freund fragend an.

„Also, ich habe neue Infos!"

„Ich auch", antwortete Wille. „Annabelle ist wieder frei, Lars und ich sind mit Vennegerts zu einem Bauernhaus in der Nähe der holländischen Grenze gefahren, da wurde sie festgehalten."

„Weiter, ich will alles wissen!", drängte Andy.

Nachdem Wille die ganze Geschichte erzählt hatte, sah Andy ihn ungläubig an. „Das gibt es doch gar nicht", staunte er, „wie krass ist das denn? Wie geht es Annabelle?"

„Eigentlich ganz gut, sie will auch heute Abend beim Treffen mit Watermann dabei sein, falls ihre Mam sie lässt."

„Und weißt du was? Meine Infos passen verdammt gut zu deiner Entführungsgeschichte. Also hör zu: Ich war am Sonntag mit meinem Onkel unterwegs, er hatte mit der Band wieder eine Probe bei seinem Freund auf dem Hof. Und da haben wir natürlich auch über den Fall gesprochen. Erst hat Lefti lange nichts gesagt, aber dann hat Onkel Werner ihn angesprochen und wollte wissen, was mit ihm los ist."

„Und was hat er gesagt?" Wille platzte fast vor Neugier.

„Er hat erzählt, dass er den holländischen Klubbesitzer kennt und der ihn eventuell einstellen will als Musiker und Geschäftsführer in einem neuen Klub, den er aufmachen will."

„Das ist aber echt merkwürdig. Wusste Lefti denn nichts von den neusten Entwicklungen? Als wir zusammen bei der letzten Probe waren, haben wir doch auch schon darüber geredet."

„Keine Ahnung, jedenfalls tat er so. Er will sich bei de Ligt schlaumachen und fragen, was da läuft."

„Hm, ist wirklich ein bisschen crazy. Besser ist, du erzählst ihm nicht mehr so viel von unseren Ermittlungen."

„Logo, ist doch klar."

„Was meint dein Onkel?"

„Der fand das auch komisch, er will Lefti auf jeden Fall noch mal ansprechen."

„Na gut, dann warten wir ab, was da rauskommt. Ich fahr jetzt erst mal nach Hause, meine Mam beruhigen, falls sie schon was mitbekommen hat."

„Alles klar, wir sehen uns später in Meyers Wäldchen."

Seine Mutter wartete bereits auf ihn, denn sie hatte nur eine kurze Mittagspause. Im Supermarkt war eine Kollegin krank und sie hatte deshalb noch einiges zu organisieren. „Hallo, mein Junge, wie war es in der Schule?", begrüßte sie ihn, um sich gleich danach die Hand vor den Mund zu halten. „Ach, entschuldige, Wille, das ist mir jetzt einfach so herausgerutscht."

Diese Frage seiner Mutter regte Wille immer wieder auf, und obwohl er ihr das schon oft gesagt hatte, konnte sie es nicht lassen. Aber heute blieb Wille ruhig, denn es schien ihm klüger, sich nicht auf einen Streit einzulassen. Immerhin musste er ja noch die Geschichte von Annabelles Entführung und Befreiung erzählen.

„Ehrlich gesagt waren wir heute nur ganz kurz in der Schule, Mama."

Schon an seinem Tonfall war ihr vermutlich sofort klar, dass mal wieder sein Kriminalfall eine Rolle spielte. „Was war los?", fragte sie streng.

Während Wille die Geschichte erzählte, sah er, wie angespannt seine Mutter zuhörte. „Wir treffen uns heute Abend noch einmal mit allen."

„Wille, Wille, Wille, ich habe dir immer gesagt, dass diese Detektivgeschichten zu gefährlich sind und sie dürfen auch nicht zulasten der Schule gehen."

„Aber das war jetzt eine Ausnahme, Mama, du hast ja gehört, es ging einfach nicht anders. Wir mussten schnell reagieren. Und außerdem war Vennegerts dabei."

„Ich habe trotzdem große Lust, dem Kommissar klarzumachen, euch auf keinen Fall mehr mitzunehmen."

„Darauf wird er sich nicht einlassen, denn wir wissen Dinge, die er nicht weiß und umgekehrt."

„Und was ist das heute Abend schon wieder für ein Termin?"

„Harmlos, wir treffen uns mit Watermann, Vennegerts ist auch dabei."

„Ja, aber worum geht es denn?"

„Habe ich doch gesagt, Mama, wir wollen unsere Informationen austauschen. Und Watermann will natürlich sowieso immer das Neuste hören, ist eben ein Pressetyp."

Frau Willerink schüttelte den Kopf, hatte aber weiter keine Einwände. „Jetzt iss. Und du bleibst da nicht so lange, klar?"

„Klar", antwortete Wille, „und vorher mache ich natürlich meine Hausaufgaben."

„Das ist wohl das Mindeste, dann bis später." Ihre Mittagspause war beendet, sie musste schnell los und war schon wieder zur Tür hinaus.

Wille ging nach oben auf sein Zimmer, den Tisch wollte er später aufräumen, er wusste ja, wann seine Eltern Feierabend hatten. Er nahm sein Handy aus der Tasche und warf sich in seinen gemütlichen Sessel, eine ganze Reihe von Nachrichten waren gekommen. Eine allerdings interessierte ihn besonders. Annabelle hatte geschrieben.

Lieber Wille, ich bin so froh, dass ich wieder frei bin. Meine Mutter natürlich auch, sie bewacht mich aber jetzt wie eine Glucke. Trotzdem werde ich heute Abend zu dem Treffen mit Watermann kommen, irgendwie werde ich mich schon loseisen. Du warst großartig heute Morgen, tausend Küsse, deine Annabelle.

Wille konnte sich an der Chatnachricht gar nicht sattlesen. Immer wieder überflog er den Text. „Tausend Küsse hat sie geschrieben", dachte er, „tausend Küsse." Aber was sollte er ihr antworten? Da musste er noch genau drüber nachdenken. „Erst mal genießen", sagte er sich, „erst mal genießen."

Um nicht zu viel Stress mit seinen Eltern zu bekommen, machte er sich an die Hausaufgaben, Englisch, Mathe, Deutsch, es ging ihm ganz gut von der Hand, sodass er schon nach einer Stunde fertig war, den Tisch abräumte und sogar noch Zeit hatte, eine Runde joggen zu gehen. Nach dem Duschen machte er sich auf den Weg.

Zehn Minuten später traf er an dem vereinbarten Treffpunkt in Meyers Wäldchen ein. Andy, Lars, Ole und Patrick waren schon da. Annabelle, Vennegerts und Watermann waren noch nicht aufgetaucht. Er setzte sich zu den anderen auf die Holzbank vor der großen Eiche.

„Bin voll gespannt, was Watermann zu sagen hat", meinte Patrick nach einer Weile.

„Vermutlich nicht viel Neues", entgegnete Ole.

Wille und Andy antworteten nicht, denn sie waren anderer Ansicht und ziemlich sicher, dass sich das Treffen mit ihm lohnen würde.

Endlich hörten sie Motorgeräusche, ein Auto schien auf dem Parkplatz vor Meyers Wäldchen vorgefahren zu sein. Eine Tür schlug zu und kurz darauf stand der rasende Reporter vor ihnen. Vennegerts kam von der anderen Seite, weil er mit dem Fahrrad von der von Behring-Straße in Meyers Wäldchen eingebogen war.

„Aha, unsere Detektivbande ist vollständig", meinte Watermann, als er die fünf Jungen auf der Bank sitzen sah.

„Sie wollen doch wohl nicht behaupten, dass ich als Hauptkommissar Teil einer Bande bin?", meinte Vennegerts lachend, während er sein Rad an die Eiche lehnte.

„Herr Hauptkommissar, natürlich nicht, ich meinte selbstverständlich nur die Jungs. Dass die jetzt zu fünft sind, habe ich noch nicht wirklich gespeichert."

„Wir sind zu sechst, Annabelle gehört auch dazu", wandte Wille ein.

„Schon gut." Vennegerts winkte ab. „Mir geht es um Ihre Infos, die Sie angeblich haben. Die Jungs haben mich eingeweiht, sollten Sie ruhig häufiger tun."

„Herr Vennegerts, ich bin Journalist und nicht Polizist, das ist ein ziemlicher Unterschied."

„Okay, darauf können wir uns einigen." Vennegerts schaute Watermann erwartungsvoll an.

Der Reporter wollte gerade berichten, als sich erneut jemand mit dem Fahrrad der Gruppe näherte.

„Hey, noch nicht anfangen, ich will alles mitbekommen!"

Wille sprang auf. „Annabelle, da bist du ja!", rief er über das ganze Gesicht strahlend.

„Meine Mutter musste noch weg, da hatte ich es leicht, zu verschwinden. Außerdem habe ich auch Neuigkeiten mitgebracht!"

„Na, dann bin ich jetzt wirklich gespannt", meinte Vennegerts.

„Aber ich berichte nur dann, wenn Sie, Herr Vennegerts, mir Quellenschutz garantieren, denn sonst redet kein Informant mehr mit mir."

„In Ordnung", nickte Vennegerts, „jetzt legen Sie schon los."

„Also, ich habe, wie versprochen, einen Kollegen angerufen, der arbeitet in Düsseldorf bei der Rheinischen Post und ist für Kultur zuständig. Er hat offenbar Kontakt zu einem Antiquariatshändler, einem Fachmann für alte Bücher. Den habe ich dann auf seine Vermittlung hin in Düsseldorf getroffen. Und was soll ich sagen: Er wusste von der Bibel aus dem Kloster, sie war ihm von Leuten aus der Grafschaft angeboten worden."

„Also von de Ligt", stellte Vennegerts fest.

„Offenbar nicht", entgegnete Watermann, „mein Kontaktmann meinte, es handle sich um jemanden aus der Kulturszene."

Andy und Wille horchten auf.

„Aus der Kulturszene?", entfuhr es Andy.

Watermann nickte.

„Hat denn Ihr Kontaktmann verraten, aus welcher Kulturszene? Geht es um einen Musiker?"

„Nicht, dass ich wüsste, auf jeden Fall kennt er sich mit Büchern aus und ist vermutlich irgendwie aus der Niedergrafschaft."

„Also doch Lefti?" Wille und Andy sahen sich an.

„Was ist los, Jungs?", wollte Vennegerts wissen, der ihren Blick sofort bemerkt hatte.

„Es könnte sich um einen Kumpel von meinem Onkel handeln, die machen zusammen Musik", erklärte Andy und erzählte, was Lefti bei der letzten Probe gestanden hatte.

„Das passt zu dem, was meine Mutter mir heute gesagt hat, bevor sie wegmusste", mischte sich Annabelle jetzt ein. „Sie wollte sich mit jemanden treffen, der ihr die Bibel zurückgeben will."

„Und das erfahre ich erst jetzt?", fuhr Vennegerts auf. „So ein Treffen ist doch viel zu gefährlich, es könnte eine Falle sein!"

„Habe ich ihr auch gesagt, aber sie wollte nicht auf mich hören. Und Polizei wollte der Anrufer auf keinen Fall dabeihaben."

„Ja, das ist doch logisch, aber nicht gut. Hat sie gesagt, wo der Treffpunkt ist?"

„Nein, das Einzige, was sie sagte, war, ich solle auf jeden Fall zu Hause bleiben."

„Okay, dann rufe sie jetzt an. Oder noch besser, schicke ihr eine Nachricht. Sie soll uns sagen, wo der Treffpunkt ist."

Annabelle schüttelte den Kopf. „Das macht sie nicht, so ist eben meine Mutter."

„Und wenn Sie ihr Handy orten?", schlug Watermann vor.

„Muss ich mir erst genehmigen lassen, geht nicht so schnell." Vennegerts winkte ab.

„Dann bleibt nur eins", meinte Wille, „wir versuchen, sie zusammen mit Andys Onkel Werner aufzuspüren."

„Aber wo wollt ihr ansetzen?" Vennegerts sah man an, dass ihm bei dem Gedanken, die jungen Detektive würden seine Arbeit machen, nicht sehr wohl war.

„Unser Verdacht ist ja, dass Lefti dahinterstecken könnte, Onkel Werner kennt ihn ziemlich gut. Der hat bestimmt eine Idee, wo wir ihn finden können", stimmte Andy ihm zu. „Wir fahren bei ihm vorbei und sprechen mit ihm." Andy sah auf sein Handy. „Er müsste eigentlich zu Hause sein, er hat diese Woche Tagschicht."

„Also gut, aber sobald ihr was erfahren habt, sagt ihr Bescheid, klar?"

„Logo", antwortete Andy, „auf jeden Fall."

„Mir bitte auch", ergänzte Watermann.

„Warum? Die Presse stört eigentlich nur – und Sie erst recht."

Watermann wollte hochfahren, aber weil Vennegerts loslachte, merkte er, dass Andy ihn einfach nur ärgern wollte.

„Okay, dann los", sagte Wille, „auf zu Onkel Werner."

Die Schlacht am Seepark

Nachdem Andy bei Onkel Werner geschellt hatte, hörten sie kurze Zeit später sein typisches Schlurfen, ehe er die Tür öffnete. „Meine Güte, so viel Besuch hatte ich gar nicht erwartet", lachte er, „dann kommt mal rein." Er trat zur Seite, ließ alle fünf der Reihe nach in seine Wohnung und komplementierte sie auf seine Terrasse, auf der er sich wie immer aufhielt. „Da vorne stehen noch Stapelstühle, bedient euch!", meinte er zu den anderen. Nachdem alle Platz gefunden hatten, schaute er zufrieden in die Runde. „Wisst ihr, was mich besonders freut? Dass ihr euch nach eurem Krach um das Ungeheuer zu einer Gruppe zusammengefunden habt. Das ist echt super. Und ich schätze mal, es geht euch jetzt um den neuen Fall?"

„Genau, Onkel Werner, hast du dich noch mal mit Lefti unterhalten?", wollte Andy wissen.

Onkel Werner seufzte. „Ja, habe ich, er steckt tiefer in der Sache drin, als er bisher erzählt hat."

Alle sahen ihn gespannt an.

„Er hat sich tatsächlich von de Ligt kaufen lassen, aber er hat auch Kontakte nach Düsseldorf. Da hat er lange gewohnt und kennt da noch Leute. Tja, und einer ist in der kriminellen Szene aktiv. Von dem weiß er einiges über wertvolle Bücher, ich schätze, der soll ihm auch helfen, die Bibel auf den Markt zu bringen."

„Dann könnte es ja wirklich sein, dass er sich mit meiner Mutter trifft, um ihr die Bibel zurückzugeben", warf Annabelle ein.

„Wann, heute?"

„Ja, genau", nickte Wille, „wahrscheinlich hat er sie angerufen und mit ihr einen Treffpunkt ausgemacht. Hast du eine Idee, wo der sein könnte? Vielleicht hat Lefti eine Art Lieblingsplatz."

Onkel Werner musste nicht lange nachdenken. „Da gibt es eigentlich nur eine Möglichkeit, unter der Unterführung am Vechtesee, da sitzt er oft und spielt Gitarre. Wie spät wollten die sich treffen?"

„Weiß ich nicht genau, aber meine Mutter ist eine halbe Stunde vor mir aus dem Haus gegangen", antwortete Annabelle.

„Na gut, dann mal los, geht vorne raus und zieht die Tür zu, ich hole mein Fahrrad aus der Garage." Onkel Werner erhob sich ächzend und verschwand in seiner Garage. Dann machten sich alle sieben auf den Weg.

Onkel Werner führte die Gruppe an, kurze Zeit später erreichten sie die Ferienhaussiedlung und näherten sich vorsichtig über einen kleinen Weg der Brücke. Bevor der Weg nach unten an das Flussufer führte, stieg Onkel Werner ab und signalisierte den anderen, wie er die Fahrräder auf den Boden zu legen. „Hör mal, Andy", flüsterte er, „wenn wir alle nach unten gehen, hört er uns bestimmt, falls er hier Annabelles Mutter treffen will. Ich schlage vor, du schleichst langsam weiter und guckst mal, ob er da ist. Wir anderen warten hier."

Andy nickte und näherte sich der Brücke. Wille war besorgt, am liebsten hätte er seinen Freund begleitet. Aber gegen Onkel Werners Plan war natürlich nichts einzuwenden. Man musste jetzt wirklich erst mal vorsichtig sein. Er beobachtete, wie Andy sich am Rande der Uferböschung Schutz suchend nach vorne arbeitete, bis er schließlich außer Sichtweite war. Alle waren gespannt, was er entdecken würde.

Plötzlich hörten sie ihn schreien. „Lass mich los, du Idiot, au, das tut weh!"

Onkel Werner reagierte als Erster. Er sprang auf, kein Ächzen, kein Stöhnen und Schlurfen, sondern wie ein Elefantenkoloss, der sein Junges schützen will, stürmte er los. Wille folgte ihm in seinem Windschatten. Und noch jemand hatte sich aufgemacht, Andy zu helfen. Es war sein Vater, der vermutlich von der anderen Seite der Brücke gekommen war, und den Mann, der Andy festhielt, von hinten ansprang.

Plötzlich war es unter der Brücke voll wie in einem Fußballstadion. Von beiden Seiten stürmten Menschen heran und warfen sich in die Schlacht. Andys Vater wurde seinerseits von einem anderen Mann angegriffen, der mit hochrotem Kopf keuchend auf ihn einschlug. Andy hatte sich inzwischen aus der Umklammerung des Angreifers gelöst. Auch Lars, Ole und Patrick waren aus ihrer Deckung gekommen. Annabelle schaltete sich ebenfalls ein und bearbeitete die Angreifer mit schnellen Fußtritten, nach denen sie sich sofort wieder zurückzog, um nicht festgehalten zu werden. Lars, Ole und Patrick umringten einen weiteren Mann und schubsten ihn hin und her, bis es ihnen gelang, ihn in die Vechte zu stoßen.

Die meisten Männer jedoch waren mit Onkel Werner beschäftigt, oder – besser – er mit ihnen. Immer wieder versuchten sie, ihn zu überwältigen, aber wie der große Gallier Obelix ließ er einen nach dem anderen von sich abprallen. Ein Schubs reichte aus, sie immer wieder auf einen Sturzflug in die Uferböschung zu schicken. Griffen sie ihn mit ihren Fäusten an, ergriff er sie und schlug ihnen seine rechte Gerade auf den Körper. Wille konnte sich daran nicht sattsehen. Obelix Onkel Werner ließ sich durch nichts aus der Ruhe bringen. Zudem begann er dann einen nach dem anderen mit einem Seil, das er offenbar in seiner Tasche hatte, zu fesseln und sie fein säuberlich der Reihe nach wie geschnürte Pakete auf dem Boden abzulegen. Nachdem er alle entsprechend versorgt hatte, packte er ganz zum Schluss noch den Mann, den Lars, Ole und Patrick in die Vechte befördert hatten, fesselte ihn ebenfalls und legte ihn zu den anderen.

„So, erledigt", schnaufte er und rieb sich die Hände, während er sein Werk zufrieden betrachtete. Dann sah er sich um. „Deine Mutter und Lefti sind nicht dabei?", stellte er mit fragendem Blick auf Annabelle und Wille fest.

„Ich habe sie auch schon gesucht, keine Spur von ihnen", antwortete Wille.

„Aber Andys Vater ist da, nett, dich zu sehen, Helmut", brummte er und gab seinem Ex-Schwager die Hand, überzeugt schien er von ihm nicht zu sein.

„Ganz meinerseits", nickte der skeptisch.

Andy und er standen Arm in Arm nebeneinander. „Papa hat mich rausgehauen", strahlte Andy, „und der Schlüsselanhänger war tatsächlich von ihm. Er ist in unsere Wohnung und hat ihn für mich hingelegt. Verschlossene Türen zu öffnen, hat er gelernt."

„Oh, und woher wussten Sie, dass es hier zu dem Angriff kommen würde?", mischte sich Wille ein.

„Na ja, ich kenne eben einen, der einen in der Firma von de Ligt kennt", erklärte Andys Vater. „Und der hat mir von dem Treffen heute erzählt."

„Das heißt, Sie wissen auch, wo Annabelles Mutter und Lefti jetzt sind?"

„Ja, bevor es mit der Schlägerei losging, konnte ich ein bisschen lauschen. Die beiden waren am Anfang da, sind aber dann abgehauen."

„Wohin denn, wohin? Jetzt aber raus mit der Sprache." Onkel Werner wurde ungeduldig.

„Soweit ich das verstanden habe, wollten sie zum Anker und sich da weiter unterhalten."

„Okay, woher kommen denn jetzt diese Jungs hier?"

„Alle aus Düsseldorf, sie arbeiten für de Ligt und wollten das Treffen zwischen Lefti und deiner Mutter, Annabelle, nutzen, um sie und die Bibel in die Hand zu bekommen. Dann hätte er zwei Fliegen mit einer Klappe geschlagen."

„Also ab zum Anker!", rief Annabelle aufgeregt. „Sonst ist Mama ihr Geld los und bekommt die Bibel doch nicht zurück."

„Moment, ich rufe erst noch Vennegerts an, wir haben ihm versprochen, ihm sofort Bescheid zu sagen, wenn sich was tut. Und das ist ja jetzt wohl der Fall", meinte Wille und zeigte auf die am Boden liegenden gefesselten Männer.

„Ja, aber wir sollten uns mit einem dieser Herren hier vorher noch etwas genauer unterhalten", brummte Onkel Werner. Mit bösem Blick fasste er den ersten in der Reihe an den Kragen, hob ihn hoch und stellte ihn auf seine Beine. „So, Bürschchen, jetzt mal raus mit der Sprache, für wen arbeitet ihr genau?"

„Ich sag nichts", antwortete der Mann gepresst.

„Das werden wir schon noch sehen, ob du nichts sagst!" Onkel Werner umfasste ihn an den Schultern, hob ihn hoch und trug ihn zum Vechteufer.

„So, mein Freund, jetzt raus mit der Sprache, sonst wirst du wie dein Kumpel eben eine Runde schwimmen gehen."

„Schon gut, schon gut, wir kommen wirklich alle aus Düsseldorf und das mit de Ligt stimmt auch."

„Und?"

„Lefti ist ein alter Kumpel von uns, er hat uns engagiert, wir sollten ihm dabei helfen, die Bibel zu besorgen!"

„Und? Das war bestimmt noch nicht alles, das sehe ich dir doch an deiner Nasenspitze an!"

„De Ligt hat uns dann noch mehr Geld geboten als Lefti, deshalb haben wir für ihn gearbeitet. Wir sollten die Bibel und diese Frau in unsere Gewalt bringen."

Onkel Werner ließ ihn aus seiner Umklammerung und stellte ihn wieder auf den Boden. „Also doch." Traurig schüttelte er seinen Kopf und wandte sich ab. „Dass ich mich in Lefti so täuschen konnte", murmelte er.

Plötzlich waren Sirenen zu hören, oben auf der Brücke fuhren Polizeifahrzeuge vor, bremsten mit quietschenden Reifen und der Verkehr wurde von den aus ihren Autos springenden Beamten gestoppt.

Vennegerts war der Erste, der die Böschung hinablief, und überrascht und atemlos bei ihnen auftauchte. „Wille, was war hier los?"

„Na ja, wie ich schon am Telefon gesagt habe, es gab eine kleine Auseinandersetzung und das ist das Ergebnis." Er zeigte auf die gefesselten Männer und berichtete dem Kommissar, was passiert war.

„Also gut, dann sollten wir wirklich schnell zum Anker fahren und herausfinden, ob Lefti und Frau von Pruselitz dort sind. Wille und Andy, ihr fahrt mit mir, Annabelle auch, alle anderen nehmen ihre Räder."

Sie kletterten die Böschung hinauf und Vennegerts ließ sie in seinen Wagen einsteigen. Der Rest machte sich mit dem Rad am Seeufer auf den Weg, auch Andys Vater, während Vennegerts' Kollegen die gefesselten Männer abführten und sie in ihren Polizeiwagen zur Wache an der Wietmarscher Straße brachten.

Im Anker

Vennegerts startete den Wagen und fuhr über den Frensdorfer Ring zur Seeuferstraße. Am Ende der Straße parkte er auf dem Seitenstreifen. Sie stiegen aus und liefen vorsichtig auf den Eingang des Ankers zu.

„Wartet hier", meinte Vennegerts zu seinen Begleitern. Er betrat das Lokal, kam aber schon nach kurzer Zeit zurück.

„Und? Sind sie da?", wollte Annabelle wissen.

Vennegerts nickte. „Nicht nur die beiden, auch de Ligt ist dabei und zwei weitere Männer, die ich nicht kenne. Wir müssen vorsichtig sein, wenn sie die Bibel dabeihaben, können wir sie auf frischer Tat ertappen und sofort festsetzen. Ich rufe Verstärkung."

„Und wenn sie auf der anderen Seite rausgehen und meine Mutter mitnehmen?", wollte Annabelle wissen.

„Das wäre schlecht, aber allein kann ich nichts machen, es ist zu gefährlich", entgegnete Vennegerts, „die Kollegen sind ja gleich da."

„Ich gehe mal nachsehen, wo de Ligt sein Auto geparkt hat", meinte Andy, „wenn er nicht hier auf diesem Parkplatz steht, dann bestimmt auf der anderen Seite vom Anker."

Vennegerts wollte sie nicht gehen lassen, aber Andy, Wille und Annabelle ließen sich nicht aufhalten und näherten sich vorsichtig dem anderen Parkplatz.

„Da ist die Karre", raunte Andy, „die sieht aus wie ein Straßenpanzer. Ich habe sie schon oft gesehen."

„Genau, und da ist auch der Wagen, in dem ich das erste Mal entführt werden sollte." Annabelle zeigte auf den Golf, der direkt danebenstand und den Wille von hinten auf dem Stadtring Richtung Denekamp hatte wegrasen sehen.

„Und hier, das Auto meiner Mutter", ergänzte Annabelle. „Am besten, wir halten den Ankerausgang zum Vechtesee im Blick. Wenn, dann können sie ja nur da verschwinden."

Sie schlichen über den Radweg nach vorne und versteckten sich hinter einer Buchenhecke. Es dauerte nicht lange, da öffnete sich die Tür und Frau von Pruselitz, de Ligt, Lefti sowie die beiden anderen Männer verließen das Lokal in Richtung des Parkplatzes. Die beiden Unbekannten hielten Annabelles Mutter zwischen sich fest und Annabelle sah sofort, dass ihre Mutter Angst hatte. Fieberhaft überlegte sie, wie sie die Gruppe daran hindern konnte, in die Autos zu steigen.

„Wir müssen was tun", flüsterte sie Wille zu, „sonst hauen sie ab."

Plötzlich tauchte Onkel Werner mit seiner Fahrradgruppe auf. Sie waren offenbar am Kanal entlang auf der anderen Seite des Vechtesees zum Anker gefahren. Andys Vater fuhr voran, dann folgten Lars, Patrick und Ole und schließlich Onkel Werner. Sie schienen die Situation sofort zu erfassen und kamen de Ligt und seinen Männern direkt entgegen. Andys Vater hielt an, die anderen stoppten ebenfalls und bauten sich nebeneinander auf, sodass die Gruppe um de Ligt mit Frau von Pruselitz nicht mehr an ihnen vorbeikommen konnte.

„Was soll das, gehen Sie zur Seite!", fuhr de Ligt sie an.

„Wo wollen Sie denn hin?", entgegnete Andys Vater, während Onkel Werner in aller Ruhe sein Fahrrad abstellte und sich langsam auf Lefti zu bewegte.

Wille, Andy und Annabelle hatten natürlich sofort ihr Versteck verlassen und sich zu den Radfahrern gestellt. Lefti sah seinen Bandkollegen nervös an. Er ahnte, was passieren würde, de Ligt und die anderen Männer offenbar nicht.

„Verpiss dich, Dicker", drohte einer der beiden, „wir haben es eilig!"

„Na, na, was ist das für ein Ton", mischte sich Andys Vater ein.

Auch Vennegerts, der noch auf der anderen Seite des Ankers geblieben war, um auf seine Kollegen zu warten, war inzwischen dazugestoßen.

„Helmut, halt dich da raus. Das ist jetzt meine Sache", antwortete Onkel Werner und bedeutete seinem Ex-Schwager, einen Schritt zur Seite zu treten. „Ich bin nicht dick!", schleuderte er dann seinem Beleidiger entgegen, fasste ihn an den Kragen und warf ihn im hohen Bogen in den Vechtesee. Mit großen Augen verfolgten alle seine Flugbahn und zuckten bei seinem platschenden Aufprall im schmutzig braunen Wasser des Sees zusammen. Diesen Moment nutzte Frau von Pruselitz, um sich der Umklammerung des anderen zu entwinden und in die Arme von Annabelle zu flüchten.

„Alles in Ordnung, Mama?" Annabelle lächelte. Schließlich wusste sie genau, dass Onkel Werner nahezu unbesiegbar war. „Und die Bibel?"

„Die habe ich hier." Unter dem Arm trug sie ein in Zeitungspapier eingewickeltes Paket, das sie dem Mann entrissen hatte. Doch bevor die Auseinandersetzung weitergehen konnte, war die von Vennegerts angeforderte Verstärkung eingetroffen. Mit lauten Rufen hatten sie de Ligt und seine Gruppe umzingelt und alle zu den Polizeifahrzeugen gebracht. Bevor sie abgeführt wurden, drehte sich Lefti noch einmal um und sagte: „Werner, mir tut das alles so leid." Und gegenüber Andy fügte er hinzu: „Ich habe deinen Laptop, er steht bei mir unter dem Sofa."

Vennegerts blieb natürlich vor Ort, er hatte schließlich mit Wille, Andy und den anderen noch einiges zu besprechen. „Ich denke, wir setzen uns jetzt mal gemütlich in den Anker. Ich will einen ganz genauen Bericht von jedem von euch."

Da sich inzwischen eine große Zahl Menschen angesammelt hatte, wandte sich der Polizist mit deutlichen Worten an die Neugierigen: „So, meine Damen und Herren, ich bitte Sie, jetzt zu gehen, hier gibt es nichts mehr zu sehen. Die Veranstaltung ist beendet, außerdem müssen Sie den Radweg für den Durchgangsverkehr freimachen!" Nach und nach gingen die Leute weiter oder zurück in den Anker.

„Okay, dann los!", meinte Andy.

Sie fanden drinnen einen Tisch, der für alle groß genug war, und nahmen Platz. Kaum hatten sie es sich bequem gemacht, tauchte Watermann auf.

„Warum bin ich nicht überrascht, Sie hier zu sehen?", stöhnte Andy und verdrehte die Augen.

„Ihr wolltet mich doch informieren, wenn was passiert", entgegnete der Reporter vorwurfsvoll.

„Und warum sind Sie dann schon hier?" Wille lachte, rückte aber auf, um für Watermann am Tisch Platz zu machen.

„Ich habe eben meine Quellen!" Auch Watermann lachte jetzt und schien nicht mehr beleidigt oder verärgert zu sein. Die Stimmung war gut.

„Okay, ich gebe jetzt einen aus", ließ sich Onkel Werner vernehmen.

Nachdem die Getränke gebracht worden waren, wollte Vennegerts nun endlich alles erfahren, Watermann natürlich erst recht.

„Sie müssen zuerst mit der Wahrheit herausrücken, Frau von Pruselitz. Wie kam es zu dem Treffen mit Lefti?"

„Na ja, er hat mich angerufen. Wahrscheinlich wissen Sie das ja schon von Annabelle. Er sagte, er wolle mir die Bibel gegen ein ordentliches Lösegeld zurückgeben. Deshalb hat er mir den Treffpunkt unter der Brücke am Vechtesee vorgeschlagen."

Vennegerts schüttelte den Kopf. „Wie konnten Sie so leichtsinnig sein."

„Sie haben ja recht, das war mal wieder unbedacht von mir, denn Lefti war nicht allein. Plötzlich tauchten die anderen Männer auf und bedrohten uns. Ich habe gesagt, dass ich das Geld natürlich nicht dabeihätte und es ihm nur geben würde, wenn wir allein verhandeln könnten. Zwei dieser Männer haben dann Lefti und mich zum Anker gebracht."

„Genauso war es", bestätigte Andys Vater, „ich habe alles gehört."

„Und woher wusstest du von dem Treffen?", wollte Andy wissen.

„Ich hatte im Knast Kontakte zu einem ehemaligen Freund von Lefti. Den habe ich angerufen, er hat mir alles erzählt. Und weil ich es genauer wissen wollte, habe ich mich hinter der Böschung versteckt und war total überrascht über euer plötzliches Auftauchen. Als sie dich erwischt hatten, musste ich natürlich sofort eingreifen."

„Worum genau ging es denn jetzt in dem Gespräch mit Lefti im Anker?", wollte Vennegerts von Frau von Pruselitz wissen.

„Als wir dort ankamen, wartete de Ligt schon auf uns. Lefti war auch überrascht, als er ihn dort sitzen sah." Sie sah Onkel Werner mit bedauerndem Blick an.

„Was hat er verlangt?", wollte Vennegerts wissen.

„Er wollte für die Rückgabe der Bibel 100.000 Euro."

„Und die hatten Sie dabei, sozusagen im Portemonnaie?"

„Nein, natürlich nicht. Aber ich hatte es verfügbar, in meinem Tresor waren die Einnahmen aus meinen Geschäften, das hätte gereicht."

„Und dann?"

„De Ligt wollte, dass wir zu mir nach Hause fahren und ich müsse unterschreiben, ihm ab sofort regelmäßig Schutzgeld zu bezahlen. Und die 100.000 stünden ihm zu und nicht Lefti. Na ja, von da an kippte die Sache. Die Schlägertypen setzten sich neben mich und nahmen mich in die Zange. Sie taten mir weh. Auch Lefti hatte Angst. Schließlich haben sie uns aus dem Anker geführt, um das Geld zu holen. Wie es dann weiterging, habt ihr ja alle mitbekommen."

„Mama, wie gut, dass du es nicht dabeihattest, wir hätten einfach mehr darüber reden müssen!"

„Ja, stimmt." Schuldbewusst sah Frau von Pruselitz ihre Tochter an. „Ich bin nur froh, dass meine Cousine nicht hinter all dem steckt, ich hatte sie ja ernsthaft in Verdacht. Morgen rufe ich sie an, um mich dafür zu entschuldigen, die Bibel nicht zurückgegeben zu haben."

„Aber wir haben endlich den Fall gelöst", meinte Wille zufrieden.

„Na gut, Frau von Pruselitz, natürlich brauche ich noch eine offizielle Zeugenaussage von Ihnen auf dem Polizeirevier, auch von allen anderen", erklärte Vennegerts, „sogar von Ihnen, Herr Watermann, schließlich haben Sie auch einiges zur Aufklärung des Falles beigetragen."

„Aber nur, wenn ich jetzt darüber auch ausführlich berichten darf", forderte der Reporter mal wieder.

„Was ausführlich bedeutet, werde ich Ihnen schon noch erklären", antwortete Vennegerts energisch.

Alles wird gut

„Wie geht es Ihnen eigentlich damit, dass Lefti in der ganzen Sache drinsteckt?", wollte Vennegerts von Onkel Werner wissen.

„Ich bin schon verdammt enttäuscht, aber geahnt habe ich es schon länger, spätestens nach dem Gespräch bei der letzten Probe. Ich vermute, wir werden uns einen neuen Bassisten suchen müssen."

„Na ja, mal sehen, welche Rolle er wirklich gespielt hat. Aber vorläufig wird er wohl in Untersuchungshaft müssen, das stimmt."

„Ich werde aber noch mal ausführlich mit ihm sprechen, ich kann ihn nicht einfach so fallen lassen", entgegnete Onkel Werner.

„Vielleicht hat er ja finanzielle Schwierigkeiten gehabt und sich deshalb auf diese ganze Geschichte eingelassen", überlegte Wille, „immerhin hatte de Ligt ihm doch versprochen, Geschäftsführer in seinen neuen Klub zu werden."

„Tja, alles möglich, aber enttäuscht bin ich trotzdem, wenn er wirklich Geldprobleme hat, hätten wir als Band bestimmt helfen können."

„Könnt ihr euren Auftritt in der Kornmühle denn noch hinkriegen?", wollte Andy wissen?

„Ich hoffe, wir finden noch einen Ersatz", seufzte Onkel Werner.

„Wie wäre es mit meinem Mathelehrer? Ich glaube, Herr Diepmann spielt nicht nur Harp, sondern auch Bass", schlug Wille vor.

„Stimmt, das hatte ich völlig vergessen." Onkel Werner schlug sich erleichtert an die Stirn. „Sehr gut, Wille, den werde ich nachher sofort anrufen."

„Wann ist das Konzert denn?", mischte sich Watermann ein.

„In vier Wochen in der Kornmühle."

„Soll ich eine Vorankündigung in die Zeitung bringen?"

„Sehr gerne, sicher nur, wenn Sie auch über unseren Fall schreiben können, stimmt's?", grinste Onkel Werner.

„Versteht sich ... und ein Exklusivinterview mit Ihnen und den jungen Detektiven erhoffe ich mir obendrein."

„Dann sind wir uns ja einig."

„Schön, dann würde ich vorschlagen, wir gehen jetzt. Denkt daran, morgen wegen der Zeugenaussagen zum Kommissariat zu kommen", meinte Vennegerts, erhob sich und verließ den Anker, denn er hatte noch eine ganze Menge zu tun.

Alle anderen fuhren zum Kanalweg, um den Abschluss des Falles zu feiern. Sogar Frau von Pruselitz kam mit. Onkel Werner schlug vor, auf seiner Terrasse gemeinsam zu grillen.

„Mich würde es freuen, wenn Sie mitessen würden, Frau von Pruselitz. Ich heiße übrigens Werner." Mit seinem charmantesten Lächeln bot er ihr einen Stuhl an. „So, Leute, dann deckt mal den Tisch, Andy, Wille, ihr wisst ja, wo alles steht, Herr Watermann gibt wie immer das Grillgut aus. Auf gehts, Watermann, ab zum Supermarkt, Getränke und Salate stifte ich."

„Aber bitte nicht nur Würstchen kaufen", widersprach Annabelle, „als Fridays for Future-Gruppe sollten wir totes Tier ablehnen, Grillen kann man auch vegetarisch. Nächste Woche haben wir mit unserer Gruppe übrigens wieder ein Treffen."

Die Jungen nickten zustimmend und Watermann sagte: „Na gut, da kann ich ja wohl nicht Nein sagen", und fuhr zum großen Supermarkt an der Friedrich-Ebert-Straße.

Nachdem der Tisch gedeckt war, Getränke und Salate bereitstanden, kehrte auch Watermann zurück von seinem Einkauf und die Party konnte beginnen. Wille war selig, er saß neben Annabelle, sie hielten sich an den Händen und er sah genau, dass es auch Annabelles Mutter auffiel. Sie lächelte ihre Tochter an. Auch sie schien sich in der Gesellschaft Onkel Werners und der jungen Detektive sichtlich wohlzufühlen.

Wie immer holte Onkel Werner am Ende seine Mundharmonika aus der Tasche und stimmte mit seiner großartigen Stimme einen Blues von B. B King an: *The Thrill is gone*, in dem der legendäre Bluessänger über das Alleinsein singt. Andy wusste genau, dass er damit Lefti meinte, denn Onkel Werner tat es weh, von seinem alten Freund so enttäuscht worden zu sein.

Der Autor

Mathias Meyer-Langenhoff wurde 1958 im westfälischen Dingden geboren. Er studierte in Bonn und Münster Diplompädagogik und war danach in verschiedenen pädagogischen Berufen tätig.

Seit 1993 arbeitet er als Lehrer für Pädagogik und Psychologie an den Berufsbildenden Schulen Gesundheit und Soziales in Nordhorn, nahe der niederländischen Grenze.

Er ist verheiratet und Vater zweier erwachsener Töchter. Seit mehreren Jahren schreibt er und hat bislang Kinderbücher, Kurzgeschichten und einen Roman für Erwachsene veröffentlicht.

Danksagung

Ich danke meiner Frau Karola Langenhoff für das aufmerksame Erstlesen und ihre konstruktive Kritik, meinen beiden Töchtern Johanna und Antonia, dass sie trotz vielfältiger eigener Herausforderungen sich die Zeit für die Illustrationen genommen haben.

Buchtipp

**Mathias Meyer-Langenhoff
Gefahr für Burg Bentheim**

*ISBN: 978-3-940367-53-2
Taschenbuch, 164 Seiten*

Erst kommt Lotte zu spät zur Schule, dann hat sie bei der Führung durch die Burg Bentheim Ärger mit ihrem Klassenlehrer und ihre beste Freundin Doro interessiert sich nur noch für Tom. Das ist eindeutig zu viel auf einmal.

Als die Klasse die Folterkammer der Burg besichtigt, versteckt sich Lotte in der Katharinenkirche. Dort hat sie eine Begegnung mit Dietlinde, einem kleinen, rothaarigen Mädchen aus dem Mittelalter. Sie bittet Lotte, mit ins Jahr 1350 zu kommen, um die Burg aus großer Gefahr zu retten. Soll Lotte sich wirklich auf eine Zeitreise einlassen?